年间隔

间隔年

给青春一场壮行

中国间隔年公益基金 著

生活·讀書·新知 三联书店

图书在版编目（CIP）数据

间隔年：给青春一场壮行 / 中国间隔年公益基金著.— 北京：生活·读书·新知三联书店，2019.5
ISBN 978-7-108-06572-8

Ⅰ.①间… Ⅱ.①中… Ⅲ.①散文集－中国－当代
Ⅳ.①I267

中国版本图书馆CIP数据核字(2019)第059083号

选题策划 王博文
责任编辑 赵甲思
出版统筹 姜仕依
营销编辑 俞方远
装帧设计 罗 洪
责任印制 卢 岳
出版发行 生活·讀書·新知 三联书店
(北京市东城区美术馆东街22号)
网 址 www.sdxjpc.com
邮 编 100010
经 销 新华书店
印 刷 北京隆昌伟业印刷有限公司
版 次 2019年5月北京第1版
2019年5月北京第1次印刷
开 本 880毫米×1230毫米 1/32 印张 9.5
字 数 120千字
印 数 00,001-10,000册
定 价 45.00元

△ 2017 年 3 月，唐丢丢和她的同伴在尼泊尔安纳普尔纳大环线徒步

△ 环游东南亚、南亚旅程中的印度站，姚舜在沙漠露营，星空下与孤独相拥而眠，思考人生

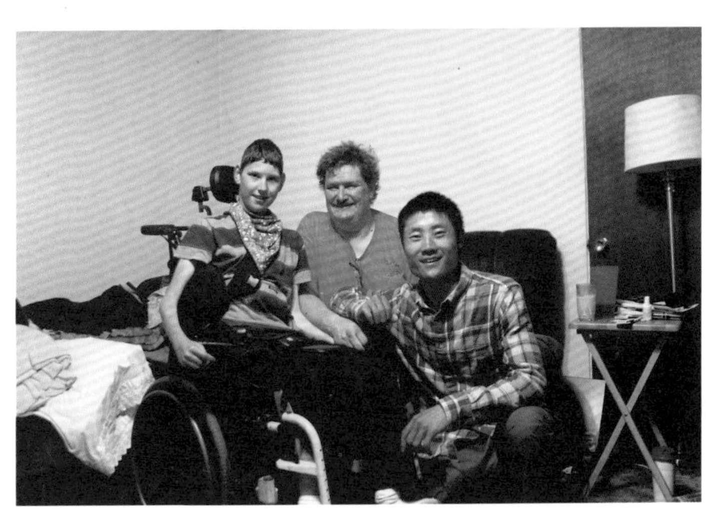

△ 李文旭和沙发主乔治·戈登父子。妻子走得早，乔治独自抚养多病的儿子，他们开着房车四处旅行，在乔治身上，李文旭感受到了一个平凡父亲的爱与坚韧

▽ 孙晓走访的马萨雷贫民窟，孩子们正在垃圾堆积的河岸旁玩耍，这是他们的“乐园”

△ 在北辰举办的青年活动，李丹作为领队带大家走进大自然

△ 古茜在泰国斯米兰群岛船宿时的最后一潜，上水时被潜友抓拍

△ 蔡蕊的采访对象苏梵薇与她的妈妈，苏梵薇来自传统的印度教家庭，却是大学里的女权运动领导者

▽ 马帅帅以徒步走访、镜头拍摄纪录的方式，呼吁全社会关注中国的乡村教育现状。在贵州毕节的一所小学，利用课间时间给孩子们拍摄的大合影

△ 李家伟、蔡蕊、许靓于 2017 年 7 月 22 日在北京长江商学院参加中国间隔年计划第三期决赛时的合

△ 作为澳大利亚魔术研究院的一员，李家伟在 Arts Centre Melbourne 表演结束后与其他成员合影

目录

序言一　年轻人为什么需要间隔年 / 001

序言二　从回归简单到普通人的幸福 / 005

1. 唐丢丢：二十来岁的大理想国 / 011

2. 李文旭：即将死去，仅此一生 / 047

3. 姚　舜：把旅行变成最有意义的人生事业 / 071

4. 孙　晓：贫民窟“造梦”之旅 / 097

5. 李　丹：用一颗匠心做守护自然的“现代农夫” / 125

6. 古　茜：她的人生，都在一个“敢”字 / 153

7. 蔡　蕊：印度花儿 / 179

8. 马帅帅：你不重要，你的努力很重要 / 215

9. 阿　靓：自由生长 / 239

10. 李家伟：从魔幻世界走来的人 / 275

序言一

年轻人为什么需要间隔年

间隔年公益基金，是乔新宇联合我以及一些热心于公益和户外运动的朋友一起发起成立的，旨在为中国学生提供一个申请间隔年，实现自己梦想的机会。

间隔年在国外是非常普遍的，但在中国，由于文化、传统观念以及经济问题，很少有学生能够有此机会。而实际上，间隔年对于学生的成长是非常有帮助的，尤其是在中国现行的教育体制下。

中国教育体制最大的特点，是必须超前选择：在还不知人生为何物之时，就需要在高一末做出选择——学文还是学理；在并不知职业为何物之时，就必须在高考时做出选择——大学学习何种专业；在并不知爱情为何物之时，就需要选择自己的结婚对象……而且一经选择，几乎很难更改。

过来人都知道，人的天花板是自己的见识。所谓见识，就是所见和认知。如果没有行万里路，没有读万卷书，所见必然是少的，认知自然也是少的。

中国现行的教育体制，要求孩子们在拥有见识之前，就必须做出人生道路的选择，而间隔年，正是解决这个问题的非常有效的方法之一。孩子中断一年学业，去行万里路、读万卷书、实践自己的一些梦想，由此获得对世界更多的感知以及对人生更多的认知，必将帮助孩子做出更符合自己的人生选择。

过去的几年，间隔年公益基金已经资助了一些学生在求学过程中去实现他们的梦想，这些梦想中，有远赴印度的探索，也有深入以色列的体验，更有深入中国乡村、回归山野的教育实践……这一切，不仅仅对孩子自身有意义，对于社会和国家也有某种意义。

一个人的力量是有限的，一个基金的力量也是有限的，我们的间隔年基金只是一个支点，开了一个好头，希望能够撬动更多的家长和孩子了解还有间隔年这样一个选项，可以让孩子成长得更好。

期待更多的人加入到我们的事业中来，一起为中国孩子的成长尽一份力，不要让我们的孩子们输在起跑线上，不要让我们的国家输在起跑线上。

孙陶然（拉卡拉创始人、《创业 36 条军规》作者）
2018 年 12 月 30 日

序言二

从回归简单到普通人的幸福

终于到了《间隔年：给青春一场壮行》定稿出版的时间了，回想起过往四年发生的点点滴滴，心里激动万分。

四年前我们发起成立中国间隔年公益基金，是希望年轻人不要在社会大潮中随波逐流，用半年到一年的时间做自己真正想做的事情。无论是义工旅行，还是打工度假或者在公益机构工作一段时间，让年轻人有时间和空间安静地思考，思考自己未来想做的工作或者人生的意义，然后再进入社会。此时，年轻人除了具备相对独立的思考能力，还会有更多的创新意识和更强的社会责任感。

过去四年，我们资助的大学生，有去肯尼亚建希望小学的，有骑行北美的，有去墨尔本街头表演魔术的，有去印度调研女性问题的，有考察运河沿岸生态的，有醉心于保护家乡原始建筑的，还有在泰国和斯里兰卡教授中文的。

说心里话，我很佩服他们的勇气和情怀。我认为教育的本质是塑造人格，间隔年作为一种主动的自我教育形式，对于形成健全的世界观、价值观以及性格特质有着潜移默化的影响。正如陈寅恪先生所言："独立之精神，自由之思想。"那么四年下来，间隔年计划真正的社会意义又在哪里？要谈这个问题，我想先说说这些年来，我对人生的一些感悟。

作为社会的人，我们往往高估了物质丰富带给我们的幸福感，正如亚当·斯密在《道德情操论》中所写的，幸福是一种平和宁静的心态，与外在的物质和人无关，而几乎所有的不幸，都是因为当事人不知道自己的境遇已经很好，不懂得安享生活，反而拼命追逐辉煌造成的。

当下中国社会的主流价值观，基本是成功学，这使得人们相互比较，把主要精力放在努力赚取功名和物质财富上。这样的价值观，我认为是非常不全面的。但是大多数年轻人很难有分辨能力，基本会随着社会大潮重复相同的生活。为此，我希望间隔年能让他们保持一定的独立思考，回归自己的本心，过真正属于自己的、有意义的生活。

中国人总是忙忙碌碌，纠结于各种人际关系和所谓的成功与否，忽略了人生的本质。中国曾经做过一次社会人群幸福感的调查，结论是月收入几千块钱的人群幸福感最强。其实很容易理解，作为一个普通人，没有太多需要比较的，也比不了，这反而不会陷入成功学的漩涡。他们过着柴、米、油、盐的简单生活，反而有更多时间陪家人，有时间旅行和思考，在处理好人与人之间关系的同时，处理好人与自然的关系、人与内心的关系，如此，生活自然会幸福很多。

我们从吃一根棒棒糖就能高兴很久的年纪，逐渐成长为赚多少钱也觉得不够的所谓成功人士，得到了什么，又失去了什么？我想，也许我们失去了作为一个普通人的简单的快乐的能力。人生其实就是经历。那些只在意结果，而忽略在过程中体悟生命的人，总会看到生活的不如意。而那些懂得思考人生的意义，知道人生其实就是各种经历，无论快乐还是苦难，都能享受其中的人，更能感知生活的喜乐。

胡雪岩晚年时，大家都劝他重返商场。胡雪岩说："商人为钱，钱能害性。自己这一辈子，不怀念挥金如土的日子，却怀念年少时几文钱买烧饼、喝水酒的生活。"其实何止是胡雪岩，想想我们人生中最快乐的日子，也许只是夜市广场的啤酒和炸鸡，也许只是一次纵情大笑。如果能回归人性最简单的样子，回归一个棒棒糖就能幸福很久的状态，那么人生该多么美好。

只是，太难，太难。回归简单是这个世界上最难的事情，因为你要对抗人性，要回归宇宙初心。难度之大，和成佛也差不了太多。佛祖在菩提树下顿悟成佛，也不过就是内观己心、回归本源而已。王阳明在心学理论中提到，万事万物都不在心外，而基督教的上帝和伊斯兰教的真主安拉，其实也都是内心本源。

虽然很难，但是只要开始思考这个问题，终究会离它越来越近。无论如何，花时间投入地去做一些简单而又不求回报的事情，是至关重要的。对于进行间隔年的年轻人来说，用足够长的时间，远离原有的生活环境，做一些简单但发自内心想做的事情，过程之中的那些思考和感悟，会成为他们一辈子的财富。就像海明威谈到巴黎时所说的:“如果你年轻时来过巴黎，那么巴黎将是一场流动的盛宴，在你的一生中，它始终陪伴你。”间隔年也是如此。

《金刚经》中，佛祖和弟子有一段很耐人寻味的对话。佛祖问须菩提:“恒河底的沙子多吗?”须菩提回答:“当然很多。”佛祖又问:“那么做恒河底沙子这么多的善事，功德是不是很大?”须菩提回答:“当然很大。”最后佛祖说:“告诉世人空性的道理，让世人不要执着，这个福德比做恒河底沙子那么多的善事还要大。”

在过去的四年里，中国间隔年公益基金资助了近四十位大学生完成了他们的间隔年计划，并入选“年度长江公益项目”，为此我觉得很欣慰。中国间隔年计划已经实施了四年，但这只是一个开始，间隔年基金真正的社会意义，也许要在十年、二十年以后才能看到。但无论如何，我们一定会坚持下去，不忘初心。希望大家会喜欢这本书，支持中国间隔年公益基金。

乔新宇(中国间隔年公益基金发起人)
2018年12月3日

1

唐丢丢：二十来岁的大理想国

唐丢丢和她的拍摄对象勇哥在大理的街上

二十三岁的时候，唐丢丢请摄影师给她拍了一组照片，照片里的她眼睛黑亮亮的，神态自然，带着少女的傲慢，又有一丝的琢磨不透。退去了光鲜的外衣，这是女孩最纯粹的样子，也是最让人迷恋的青春模样。

在自己的简历上，丢丢洋洋洒洒地写道："唐丢丢，生于蜀地，求学于魔都，也在北京和纽约'混'过；足迹遍布三大洲十二个国家，希望成为世界的子民；'弃政从文'，毕业于上外（上海外国语大学）国际政治系，即将去欧洲读艺术管理专业；热爱冒险的生活梦想家，坚信'人生苦短，必须性感'。"

这个二十来岁的姑娘，从来不怕人生来得更复杂一些。从十四岁起，她就每年为自己写篇文章。十六七岁时，她曾经历了一段“故作成熟”的人生阶段，感叹自己还没真正年轻就开始衰老了，以为写作就是获得新世界的特权，可以用自我建构的身份过不一样的生活。而再回到二十一岁这一年，她说，感觉自己重返纯真的时刻却比过去几年都要多，像《四百击》里的安托万，面对大海，眼神依然是个孩童。

从小到大，唐丢丢想象过自己所有可能的身份：战地记者、流浪歌手的情人、军火贩子、诗人、民国时期的倌人、总统或总统夫人、跨国黑帮集团的二把手、第一部小说就成为唯一代表作的早衰作家、游击队队员、拿过几个奖的女演员、美术馆馆长、讲故事的手艺人等。

而她的人生也一直步履不停，在各种角色间来去自如，保持不竭的好奇心。二十来岁的日子，是做加法的日子，在自己的人生地图上不停地加加减减，虽然慌乱，倒也可爱。

也只有在这个年纪，你才能对自己暗藏的野心一目了然，又大大方方，毫不遮掩。正如穆旦的诗里所写：

“如果你是醒了，推开窗子，看这满园的欲望多么美丽。”二十来岁，就是青春的大理想国。

从旁观者到践行者

在正式开始间隔的一年前，丢丢曾发起过一个采访计划，叫“Gapper 30”，意思是采访三十位中国间隔年实践者。在这个采访计划里，有生病退学开画室的乐观姑娘，有休学一年专职写作的文艺青年，有挑战各种极限运动的家庭主妇，还有从事监狱应用戏剧的艺术实践者……这三十位间隔青年有着参差不齐的人生，而参差不齐，才是幸福的本源。

丢丢说，最开始想做的是一个寻找三十名中国间隔年实践者的独立采访计划，想记录在这个时代里，为了自由与成长而上路的年轻人们，记录他们有挣扎、有冒险、有思考的间隔年故事。刚开始“Gapper 30”团队只有五个人，后来慢慢发展到十几人，大家一起头脑风暴，做宣传，搞众筹，最后丢丢的团队将这些采访文章整理出版成书。

“间隔年之所以会受到那么多年轻人的欢迎，也许就是因为我们心中都有一种对在路上的渴望。我们循规蹈矩地在象牙塔里生活了十几年，却越来越迷茫。了解这些与我们同龄、但活得更加勇敢和洒脱的年轻人的故事，也许并不能帮助我们真正解决什么问题，但至少能让我们看到更多的生命形态，意识到这个世界上还存在这么多真真切切美好而大胆的可能，只需要你再往前走一步，就能触及。”丢丢说，正如这本采访集的书名一样，“因为，你比你想象的更自由”。

对丢丢来说，这本书里的每一次交谈都是一次世界观的碰撞。“有些彼此融合，手舞足蹈。更多的是各自遥望，隐隐约约地知道，虽然这个人跟我一年见不了一次，但某个时刻，我们会一起跳进银河，对着地球上抬头皱眉的人们说‘去他的’，这么一想，就踏实得笑出声来。”而这次的经历，也更加坚定了丢丢休学一年去参加间隔年的想法。

不过，正式实施下来并没有那么容易。“我大三那段时间经历了一些变故，是各方面的。让我有时间静下心来去思考，包括我为什么要做间隔青年，为什么想要去申请这个间隔年计划，我以前曾经放弃过，之后我后悔了。所以说，2016年的夏天，是初夏，在我大三即将结束时，又去申请了第二季的间隔年计划，从某种程度上来说，也是弥补之前我放弃的入围再面试的机会，我觉得应该给自己一次机会。

“其实当时还是没办法拿出能说服自己去参加间隔年的理由，就是到了最后，我都没说服自己，但我还是决定去。很幸运地入围后，还获得了一个最高的奖励，当时我觉得我一定要做好这件事情。

“结果这时候出现了意外，整个暑假期间我一直跟校方沟通，但无论如何他们都没有批准我的休学计划。所以其实我是在没有休学的情况下开始了我的间隔年。”

这件事对丢丢来说，又是一次思考和思考升级的过程。她总觉得自己有点形式主义，比如她觉得不休学，怎么能叫间隔年呢？“你都没有跳出体制的框架，都没有完全自由，都不是一个间隔的状态，怎么能进入间隔年呢？但现实中确实有些因素你无法改变。比如说制度上的一些安排。”

丢丢真正看开这件事是在9月底。有一天，她突然觉得，间隔年的意义在于自己去创造条件。就是最大限度地利用外界的一切资源和机会，去做想做的事。而不是一定要休学，要辞职，一定要所谓的完全自由。

丢丢说：“其实间隔年中的状态，本身就是一种相对自由，需要自己去创造条件。比如说我申请了间隔年计划，得到了资金支持，甚至通过合理安排，我可以获得很多自由时间。再比如说拍纪录片，其实那大半个月我都泡在大理。也就是说，其实这方面我可以发挥主观能动性去创造条件，做我想做的事情，我觉得这才是间隔年的意义。”

丢丢觉得，在这个年纪就应该做出更多尝试，用你的勇气，你的智慧，做各方面的尝试。“所以我觉得我已经很幸运了。事实证明，虽然因为各种原因，有一部分旅行计划耽搁了，但有一部分也实现了。比如去尼泊尔徒步，其实是我长久以来的一个愿望，而我借间隔年实现了它，这就是我的一个收获。”

想通了之后，丢丢开始了自己的间隔年。她主要做了两件事：去大理完成了《大理想国》纪录片的拍摄，去尼泊尔实现了徒步安纳普尔纳大环线的梦想。

在去大理之前，笑声爽朗到楼道都要抖三抖的丢丢，曾经历过一段轻度抑郁的状态。那是2016年的9月到12月期间，她每天的心情都处于浮浮沉沉的不稳定状态，可能前一天还好好的，第二天一早醒来就情绪崩溃。有点像落水之后，没有方向地游泳，最后筋疲力尽。至于为什么情绪不好，她一时也说不上来。

那时候她一直给自己心理暗示："像我这种能量爆棚的人，不大容易抑郁吧！"所以她没有去看医生，自己全部扛了下来。新年伊始，她像往常一样给自己定下了目标——"新的一年，我一定要好起来。"抑郁状态下，每个人都像被罩上了一层纱，成了自己的旁观者。就算依然能看到朋友们在身边笑，在身边说话，能和他们一起喝酒一起哭，但那种生活已然与自己无关。在抑郁状态里，每个人都是孤身奋战的英雄，外人看起来平平淡淡的每一天，自己却需要咬紧牙关才能活过来。

"大理福尼亚"拍片的日子

新年后丢丢来到大理。她对大理向往已久，之前通过各种阅读，已经构建起对这个城市的整体印象，她觉得大理的包容吸引她去那里探索人的生活状态。在那边待了一个多月之后，她完成了自己策划的《大理想国》纪录片的拍摄。从大理归来之后，丢丢感觉自己“真的好起来了”。

大理又叫“大理福尼亚”，每个来到这里的年轻人，最爱做的事情就是“烤”太阳。

“‘大理福尼亚’这个名字，不仅源于大理慷慨的阳光和干燥的气候，更源于其独具一格的生活方式，感觉特别‘加州’。”丢丢的朋友丹妮说：“各种缘由，风花雪月的大理与四季充满阳光、爱和鲜花的加州一样，都成了热爱自由与流浪的嬉皮士的圣地。”

在丢丢看来，大理可能有着全中国最奇特的生活节奏。

生活在大理的人不会用对时间的分割方式来计划生活，没有人会用“几点见”这样的词语，每个人都是一副“别问我明天会在哪儿，要做什么，因为我自己也不知道”的姿态。

“一个在大理住了一年多的朋友半开玩笑地说，大理居民没有任何计划，如果第二天想喝咖啡，头天晚上约你就算是最大的计划了。此言不假，住在大理时，我常常收到朋友的微信邀约——‘下午喝咖啡，去不？’我说‘去’，然后就没有第三句话了。大家都心照不宣，直到出门前再发一条消息——‘我去咖啡店了。’没有人会在乎你是早到还是迟到，至于待多久，全凭心情、太阳的位置以及朋友的多少，太阳落得慢、朋友多就待得久，反之就骑上摩托早早回家。”

到大理一周后，丢丢就慢慢融入了这里的生活。下午固定花两三个小时溜达溜达，去朋友的院子里听音乐会，或者坐在咖啡馆门口“烤”太阳。后来还在朋友开的咖啡馆做起了文艺电影放映员。

丢丢开始尝试拍纪录片，缘于她在纽约求学的经历。大三时她作为交换生去了哥伦比亚大学，那时她做出了一个大胆的决定，就是——自由选课。“这也算是当时的一个冒险吧，因为我真的很想选关于电影、关于纪录片的课，虽然可能没办法取得学分，但是我觉得既然来到世界上最好的学府之一，就应该做一个自己不后悔的决定。于是我就选了纪录片课，结果上得特别开心。结课时的期末作业，可以写篇论文，也可以根据这学期学到的东西去拍一个纪录片。我就想，为什么不尝试做一下自己没有做过的事情呢，因为我一直对于讲故事，对于写作，对于表达很有欲望。”

丢丢一直认为自己是一个表达者，或者说表达者是她的身份认知之一，因为她一直在写。但从来没有尝试用镜头语言去写，所以她就想，那就试试吧。于是开始做准备工作。“我就跑到学校，以学生身份借了器材——三脚架和相机。那天我路过时代广场时，在纽约最大的地铁站遇到一个正在表演的乐队，他们的音乐非常富有感染力，很多行人都停下了脚步。你知道在大城市，大家都是来去匆匆，但听了他们的音乐，很多人都停了下来，甚至有人跟着跳起来，我觉得他们的音乐很棒。那个瞬间我突然想到，我可不可以拍他们。”

她长话短说，上前问了他们，乐队竟然同意了。这是丢丢的第一次尝试，其实拍得很一般，因为那时候她什么都不懂。“但我发现这是一件很有意思的事，而且这件事（拍纪录片）并不是一下子跳入我的生命的。比如，之前我学的是国际政治，也没做过这方面的事，我凭什么突然要做这样一个事情。但后来我回想了一下，其实人生会自然而然地浮现一些东西，它们会在不同阶段被激发出来，我只是凭直觉抓住了它而已。因为我一直有这样的表达愿望，希望能记录一些值得记录的东西，再分享给别人。可能就是潜意识里的原因，这个创作本身让我觉得非常快乐，很开心，这是一个尝试。”

对丢丢来说，纽约就像一个强烈、混乱的巨大能量场。她说：**“如果有机会，一定要来一次纽约。狠狠地沉浸在这个让每个人迷失、又让每个人坚持的气氛中，狠狠地在一半是海水、一半是火焰的曼哈顿浸泡，灵魂里永不停歇、充满好奇的部分才能被填充。在这样的地方待一段时间，或许更能明白自己想要什么样的生活。这里可能并不是你的归宿，但它提供了一个无与伦比的试验场，试图给你一种可以打包带走的生活态度。”**而大理也正是如此，虽然没有那么强烈、混乱，却依然充满了生活的庸常与对庸常生活的反抗。

在去大理之前，丢丢一个当地人都不认识，只有一个刚刚去大理工作的朋友。开始她在朋友那里借住了一段时间，之后又搬到了别的地方。去之前她对于能否完成纪录片其实并没有把握，甚至心里有点发慌。但一方面她非常想完成这件事，而且花了时间和精力去学习；另一方面，自己的间隔年计划必须要做出成果，并且要向中国间隔年计划的各位导师和前辈们汇报。“我其实很慌，因为客观来讲，我没有任何真正的纪录片拍摄经验，也不认识任何主人公，只是给了自己一个月的时间，中间还夹着过年。我去大理之后要从零开始，去认识别人，跟别人交朋友，说服他们成为我的拍摄对象等。”没想到临走之前，她反而镇定下来。

那时她发了一个朋友圈，询问有没有大理的朋友能辅助拍摄，结果刚好有个朋友以前在大理待过大半年，那个朋友最开始也是抱着跟丢丢一样的目的，只是他没有拍纪录片。这个朋友给丢丢介绍了一个女孩，也就是后来完成的纪录片的主人公之一——朋克姐姐。朋克姐姐叫泥，是一个长得像九〇后的八〇后。丢丢喜欢叫她“朋克姐姐”，大概是因为之前她在武汉上学时沾染了些朋克之都的气息。泥来大理六年，是资深的“老大理人”，在大理的阳光下野蛮生长着。

大理是个熟人社会，朋友多以人认识人、人再认识人的方式相识，很少有通过工作、社交认识的朋友。通过朋克姐姐，丢丢接触到了大理的圈子。她带丢丢认识了很多大理居民，让她有了在最短时间了解当地人的可能，虽然朋克姐姐有时并不太喜欢在镜头前表达，但她还是答应了丢丢的拍摄要求。

另一个拍摄对象叫达瓦，是一个摊主。平时拍照、写字，大学毕业后没去上班，四处旅行，还出版过一本书《旅人星球》。在遇到现在的先生后，达瓦在大理定居下来。在纪录片里，达瓦说大理是个神奇的地方：比如，在大理认识的两个妹子，两个人在同一个摊儿上买过一次东西，就变成了好朋友，就这么容易。对大理来说，很多时候可能只是路过的时候跟摊主聊了聊天，相互加了微信，之后就会变成很好的朋友。

第三个拍摄对象——勇哥，来大理十年，是大理的传奇人物。四十七岁，光头，精瘦，一天两包烟。“我见到他时，他穿着棉布袍子，微眯着眼抽烟，兴致勃勃地给我看他昨晚在酒吧读诗时的照片，边展示边评论：‘这张我喜欢。’还指着在场的两个姑娘说：‘她们都爱我，而我爱她更多一些。’勇哥在大理卖了快十年的碟，每天日中出摊儿，一直摆到晚上9点收摊儿回家。”丢丢说勇哥是一个不用社交软件的人，所以也没有他的微信。联系的时候不是偶遇，就是去他的摊儿上找他，勇哥在一个固定的地方摆摊儿。他只给丢丢打过一个电话，用的是一个用了很久的手机。

回忆起自己拍的《大理想国》，丢丢说：“大理并非‘乌托邦’，它是真实的、鲜活的，和其他任何地方一样有着生活的烦恼。”丢丢的三个拍摄对象——勇哥、朋克姐姐和达瓦，分别代表了在大理生活的三种人，有三种不同的生活状态和人生态度，虽然不是全部，但足够多样。

勇哥是个多情的流浪汉。在纪录片里关于他的部分第一句就是——“那会儿生活精彩、混乱、虚无”，游戏完红尘后的得意感有十分。然后勇哥咧着几乎没有牙齿的大嘴笑着说，“一个月找了十一个女朋友”。

勇哥最开始到大理是“误打误撞”。“我还记得当时是8月3日，误打误撞的，我发现口袋里只剩四十多块钱了，到了大理，兜里只剩四块钱了。”

说起在大理难忘的人，勇哥提起一个跑江湖的来自中国台湾的大哥，过来挑了几张碟，出门时回头看了他一眼，那个眼神让他感觉那“既是初见，又是别离”。勇哥的朋友临别时说他老了，要落叶归根，尽管回家的路有些危险，但他仍然要回去。

勇哥则说，大理是他选择的家。“很多人活一辈子，我活了两辈子，大理之前是一辈子，大理之后是一辈子。”对勇哥来说，陕西的家是爸妈给的，是命运使然，而大理，是他自己选择的家，是他热爱的家。对于热爱，他有自己的定义——“什么叫热爱呢，我觉得你刚来，特别喜欢，那不叫热爱。你在这里住下来，遇到特别恶心的事，特别难以接受的事，你来了又走，走了又来，最后你还是留下来了，这才是热爱。”“其实我已经老了，因为有很多游客对我的年龄产生质疑，他们觉得我已经很老了，但又精神抖擞。他们认为我六十岁了，七十岁了，我总是笑着说，可以不告诉你们吗？”

朋克姐姐是对大理生活持有成见的怀疑者，她的第一句就带了点反骨：“我为什么要来大理？不是我要来的。”“很多人来是为了逃避，逃避他不能解决或者不认可的事。”十年之前的朋克姐姐没有工作，除了去咖啡店打打工，后来还被开除了，因为他太随便了。最开始她来到大理是为了支教，其他老师都有很多支教理由和美好愿望，而朋克姐姐却坦白地说："因为我没有地方可去了。"

朋克姐姐怀疑在大理生活的人所坚持的自己身上的那份多元性，"真的打心眼里觉得自己多元吗？特别想问这个问题，我觉得不是"。最初来到大理，她是想看看这里到底是什么样，她希望能在这里真正发自内心地从事自己喜欢的艺术创作，而不是附属于旅游业中的某一环。"反正我在什么地方待着，主要还是看人，感觉太孤独了，找不到互相认同的人就特别孤独。"当丢丢问她，会离开大理吗？她说："如果在大理能遇到谈得来的人，能一拍即合一起来做事，那我肯定就不走了。"

达瓦来大理，是因为遇到了现在的爱人，她说她的目的地不是大理，也不是云南，而是刚刚好这里有一栋房子，符合她的期待。"我们当时付完房租，装修得差不多了，两个人全身上下只剩四百块钱，那天是 12 月 25 日，想去吃顿炸鸡都舍不得，特别舍不得，因为前途未卜，不知到底能不能营业。"那天晚上，达瓦的爱人去超市买回来一只鸡，做烤鸡腿给她吃。达瓦说只有一种地摊儿能赚钱，那就是做自己真正喜欢的，很多人在大理做事，不仅仅是为了赚钱。达瓦说大理是很亲民的地方，它的亲民不仅因为所有人都可以来，也因为大理是失意者的天堂，任何失意的人都可以在这里找到适合他的生存方式，而且可以很有效地快速融入其中，很滋润地生活下来。之前大理常常有一些读诗会、电影观赏会、遍及很多酒吧的小型音乐会、独立创作的音乐会，但是这一两年这种文娱活动变得越来越私密，越来越不为人所知。采访到最后，达瓦若有所思地说："个人英雄主义的时代已经过去，大理不再崇拜流浪汉，也不再崇拜英雄。"

丢丢说，大理也有问题，有病人，有焦虑，有无奈。这是她呈现出的真实的大理，不管是以文字形式，还是纪录片。"这里有的人构建了价值观鄙视链，对'城里人'所代表的精英主义和成功学不屑一顾；有的人构建了桃花源，对正在发生的事情和正在改变的社会充耳不闻；有的人构建了圈子，把小社交圈变成了自己的舒适区；但也有人在这儿做一些从大理本土出发、与当地环境紧密结合的事情，缓慢而耐心地实践着自己的理想；还有的人四处游荡，不甘心现实的糟糕环境，却又想咬咬牙杀死内心躁动的怪兽，和生活打个落魄的平手。”

在大理住久了的人都会有些怀旧情绪，在丢丢问起大理的生活时，他们会絮絮叨叨地跟她说，以前的人民路空气里都是自由，每个人都宁愿做喜欢的事，而不在乎大理之外“要努力奋斗”的主流价值观，生活成本极低，一切幸福得令人眩晕。住久了之后，他们就离不开大理了，即使蓝天白云苍山洱海之外，生活依然没劲没趣，他们也选择这么耗着，至少选择大理的宽容度比选择“北上广”的精英主义要来得愉快。

“也有很多人反感古城里日渐商业化的浮躁氛围，慢慢往城外搬，住在苍山、银桥或其他不知名的村落，拉上三五好友组成私密圈子自己玩，半年进一次城。于是大家感叹：现在大理的文艺活动比起前些年少多了，大家都自己玩，朋友带朋友加入不同的社交圈，公共生活日渐稀薄。

“但创作欲望在哪里都是强烈的，而大理又聚集了比其他地方更密集的音乐人、手艺人、写作者以及其他热爱生活且更追求‘无用’的人。自由散漫的生活之下，依然涌动着不安、焦虑、自我和解和创造美好的愿望，他们在大理这片自由土壤上尽情释放内心的热爱，把真诚又有趣的灵魂不时地拎出来晒晒。”

筹备拍摄《大理想国》纪录片的时候，她还选了另外两位拍摄对象，但因为积累的素材不够，她对拍摄内容不太满意，所以最后的成片只保留了三位。“如果多留一个月，肯定能拍到更好的素材。”但丢丢把这些素材积攒下来，打算再回大理的时候拍《大理想国》的续集。《大理想国》的后期剪辑、混音、字幕都是朋友帮忙做的，“作为一个非科班出身、未接受过专业训练的人，我连机位都不会切，所以这部片子总的来说还是不够完善”。

丢丢说能够完成《大理想国》是自己的幸运，当时决定去做这些事情就义无反顾地去了，还真有一些惊喜，最后还做成了。

这次拍摄《大理想国》，更多的是对丢丢“三观”的一种启发。“因为我真的看到一种不一样的生活状态，而且我融入了他们的这种状态。我在大理只待了二十多天，就发现自己是能够融入当地的，我觉得很舒服。甚至在要走的那一天，我还跟一个拍摄对象以及她的先生一起去喝了咖啡。走在路上，她先生跟我说，他觉得我很适合这里，应该再回来。我就是一个老大理人。一个老大理人跟我说，我身上有些特质是跟大理相吻合的。”

大理有很多真正意义上的“斜杠青年”，“他们每个人在身份上都不是半吊子”。丢丢认识了新朋友阿飞，本科学历，学的是建筑，以前在广州是建筑设计师，工作几年后辞职，开始全国自驾旅行，来到大理，阴差阳错地定居下来。先开了一家深夜食堂，把磨炼多年的厨艺用了起来，顺便在食堂门口写了一副对联——“戏子才子不如厨子，作诗作画不如做饭。”“他也画画，十八岁正式学画，画了十年有余。最近阿飞白天当电焊工和木匠，自己装修客栈，晚上偶尔去人民路卖画，来画摊儿的人络绎不绝，有人好奇想拍照，他挥手制止，说自己从来不允许别人拍照。画卖到晚上 9 点半，收拾好东西，牵着狗，骑上摩托回家了。”

而阿飞的朋友们就在画摊儿旁边不远处开露天音乐会。“搬来价值三万多的德国音响，音色美妙，几个人即兴表演，玩得不亦乐乎。围观者众，渐渐堵塞了人民路，来往的车辆急躁地鸣笛，正在打鼓的大叔走过去，让大家靠近些，把路还给汽车。”

那一年的除夕，丢丢是在大理度过的。在“大理福尼亚”，除夕是可以和一群陌生人一起蹦迪的。大家从下午三四点太阳最盛时开始放音乐、跳舞，一直到晚上 12 点后，古城的天空烟花次第绽放，大部队才陆续抵达。“不断有人推门进来，跟认识或不认识的人打招呼，给自己倒一杯酒，跳舞或看别人跳舞。”来的人形形色色，多是圈子里熟悉的朋友，也有旁边烧烤店的老板，也有刚来大理一周的游客，还有组团来喝酒的外国背包客。快到零点的时候大家一起倒数，一起喝着酒、跳着舞、聊着天，不遗余力地制造着热闹。

那也是丢丢第一次知道，大理会聚集这么多过年不回家的人。她曾经想过一个问题：当我们谈论选择什么地方生活时，我们在谈论什么？

“江湖儿女江湖见，在大理这个充斥着诸多不确定性和浪游者的地方，所有人都习惯了朋友们的来来往往。能待下来的人总是比来了又走的多。大理像一个中转站，有人在这里暂停赶路，半年或一年，甚至三年五年，但没有人知道大理是不是那个关于生活的‘终极答案’，或者这本来就是个伪命题。

“大理好不好呢？当然好，但大理居民也众说纷纭。一个在大理住了几年的建筑师眼睛笑得弯弯的，告诉我，她太喜欢大理了，不可能不回到大理来，离不开这里。大理居民周云蓬曾写过一篇文章——《说说大理的坏话》，据说在老大理人的朋友圈都转疯了。内容无非是用略带调侃和感伤的语气，数落大理的商业化带来的种种问题，资本入侵，人心浮躁，氛围变糟，云云。文章写得很随意，下面的评论却格外认真，许多人哀叹‘大理已死’。如今的大理生活成本已高过成都，旅游业席卷了整个古城，可仍然有那么多人乐此不疲地生活于此，到底是为了什么？或许是因为，在大理，实现‘生活的理想’，多少比在其他地方要容易一些。”

在大理的一个月，丢丢治好了自己的焦虑症。“我觉得去大理就是治焦虑的。虽然这种‘治’不是根治，而更像笼罩在一个透明的泡泡里，在这个柔软的空渺的空间，你学会了深呼吸，并且对曾经的焦虑转过头去。”虽然她知道，也许回到城市，各种压力又会接踵而至，但大理给了人停下来的勇气。

大理是个理想之城，而我们都很年轻，这一切都不简单。

在丢丢拍摄的纪录片《大理想国》中，跳出来的第一句话是："初始之地，是这一栋房子。"直到现在，大理的院子还维持在一年一两万，这意味着要是约上好友同住，每人每年赚点小钱就能供起一个属于自己的院子。丢丢开始认真考虑，拉上几个好朋友合伙盘个院子，再自己动手改造装修。每年相约回大理隐居一段时间，一起住在院子里，办火人节，跳一晚上的舞，去户外爬山攀岩，朝夕相处，相亲相爱。

徒步尼泊尔

如果说拍摄《大理想国》是向外走，看众生，那去尼泊尔徒步，就是向内走，见自己。

徒步是一个非常孤独的过程，虽然有同伴，但大部分时候还是一个人，朝雪山深处走，眼神滚烫，不知折返。

丢丢去尼泊尔徒步的愿望由来已久。"其间经历了恋爱，分手，出国，回国，质疑人生，拥抱人生，生病，痊愈，出书，拍纪录片等一百件比去尼泊尔徒步困难得多的事，但去那小小邻国看起来仍遥遥无期，最后还是冲动了一下：不管了，我要去尼泊尔徒步。”

丢丢说她也并非天生热爱极限运动，但有些自由而无用的事，好像一定要去完成才能呼吸顺畅。

我们生活在快节奏的环境，周遭的喧嚣变化一刻也不曾停止，但尼泊尔不是。这里有肆无忌惮睡觉的狗，有养着猪、牛的旧神庙，有穿着脏衣服但眼神明亮的小孩，这里的人喜欢鲜艳的色彩，这里依旧尘土飞扬。

在广场的周围，有很多当地人坐在椅子上，或坐在地上，懒懒地晒着太阳，不管他们的穿着多脏多旧，都拥有沐浴阳光的惬意。广场上形形色色的人，有从印度前来朝拜的信徒，有游客，有随意躺在地上的乞丐，也有喝醉酒的女人穿着民族服饰说着些让人听不懂的话。广场周围总有一群一群的鸽子，悠然自得地在房顶、门栏、地面上散步，人一走进去，鸽子纷纷四下飞散。

丢丢和同伴加上向导与背夫一共九人，他们选择的是徒步安纳普尔纳大环线。进山前大家就听说上面发生了雪崩，可能会封山，所以也许只能走一半的路程，但既然来了，还是决定去试试。

安纳普尔纳大环线是明显的垂直变化气候，一路走上去能体验四季的景色变化，徒步第一天的风景是小村庄、山谷等田园风光。路两边、山对面的山坡上伫立着很多小村落，炊烟袅袅。房子是彩色的，繁花重重，低着头挡在路上。还有小朋友拿着彩旗跑来跑去，路边坐着打盹儿的狗狗，仿佛世外桃源。但风景归风景，这些路都要靠一双脚来走。第一天的路程几乎全程上坡，但大部分都是整齐的石板路，大家一路走着，说说笑笑，吃完饭还有兴致在饭店蹦迪。

徒步第二天是最累的。大概要经历两次“上上下下”：先从一座山上往下，走到一条小河边，再一路往上，到达一座山的山顶，再往下，走进山谷，经历两次巨大的下坡，又开始无休无止地往上爬。陡峭处，一个台阶有平时走的两个那么高，最后是手脚并用往上爬，累了就坐在路边。在徒步的路上也不能休息太久，向导会严格控制时间，因为必须在天黑前到达准备入住的酒店，晚上徒步非常危险。

第二天，路上的风景不再是小桥流水，渐渐变成断崖与雪山。这也是整个团队最举棋不定的一天。那天晚上，向导说，也许他们应该改道走另一条徒步路线。主要是考虑到大家的身体状况，徒步的五个人中已经有两个在第二天出现了高原反应，还有一个女生腰伤复发，另一个刚好赶上生理期，而接下来的行程，要走到海拔三四千米的地方。而且很多徒步归来的人也认为他们爬上去会很困难，因为“身上的装备明显不够，当时向导比画了一下，雪都积到了腰部，而我们穿的靴子甚至不是踝靴”。第三点是，如果改道，另一个环线上一定能看到更美的风景，但走安纳普尔纳大环线就不一定了，这边道路艰险，天气变化莫测。

寒冷、高原反应、疲惫，让大家一下子陷入了两难。路上还碰到一对被这一天的行程吓倒，决定第二天就撤退的情侣。综合考虑之后，大家决定改道。谁承想，第二天一早，大家又都默契地认为，来尼泊尔就是为了走安纳普尔纳大环线的，就算注定上不去，也要去试一试，这样才不留遗憾。大家提前约定，如果中途谁感到身体不适，就留在中途休息站休息，这样既不用逞强，也不会相互责怪。

第三天出发时，虽前途未卜，但每个人心里都多了一份坚定。将近傍晚时，突然下起了暴雨。那一段全是山路，雨水依山势顺流而下，大家的脚泡在脏水里，只能抓着树根往上爬，后来还下起了拇指大小的冰雹。翻过那座植被茂密的山，晚上大家住在喜马拉雅营地。推开营地的窗户，对面就是高耸入云、连绵不断的雪山。浑身都湿透了，但山上条件有限，大家只好把衣服脱了放在餐厅里烤。第二天要出发的时候，袜子都是硬邦邦的，为避免割伤脚，只能先在脚上裹一层塑料袋，再套袜子。山上的食物，从第一天到最后一天，一直是各种土豆大餐。

第四天要登顶的时候，就全是雪路了，眼前“你明明看见一个小屋子，但要走上小半天才能到达”，好在视野开阔，天地大美。第四天的行程也是最危险的，大家提心吊胆，甚至不敢大声笑，因为这里是雪崩的高发地段。这天有个女同伴失足掉进了雪坑，身边的人都紧张极了，赶紧刨，她双手一挥：“不，不用拉我，让我在坑里休息一会儿。”

也就在这一天，丢丢经历了差点一脚踏空的惊险时刻——下面就是无底的雪崖。她说：“每次回忆起那个时候——无数次的肌肉酸痛，恨不得捶胸顿足，心里就想，为什么不选择去花钱更少、更舒服的地方度假？但终究感觉，这一段旅途更有味道。”

“除了随手就能搜到的各种攻略，去安纳普尔纳大环线徒步必须要具备的，还有面对可能遇到高原反应和体力不支时的那一点点恶狠狠的决心。毕竟，生活要是没有一点能笑着说‘去他的’的勇气，想来很多奇妙的际遇可能不会降临。”

这次旅程，总的来说非常幸运。“我们不仅没被冻死，还看到了最美的雪景。”最后赶往安纳普尔纳大本营的那段路，暴风雪即将来临。人走在路上，背后吞天噬地的暴雪正一步步逼近，前面则是赤裸裸的阳光。此刻，一切都暴露在外：大片大片的雪山，偶尔露出来的黑色岩石，无可遁形的徒步人群，这一切在阳光下显得特别清晰。那是沉默的时刻，人在这时非常渺小。

“记得那一段雪路，队友们已不见了踪影，长长的一段路只有我一人，如果从高空看，大概只能看到一个缓缓移动的蓝色小点。蓦然想起柳宗元的‘千山鸟飞绝，万径人踪灭’，若不是一路咬牙冒险走到这里，也许永远没有机会与雪山伫立对望。”

在安纳普尔纳大本营住宿的那个晚上，大家挤在一个小小的房间里，已经被高原反应和严寒打倒，翻箱倒柜地找药分给其他人，彼此互相安慰，可第二天一早又都死不悔改地爬起来去看日出。

日出之前，山上聚集了密密麻麻的人，看到日出，大家欢呼一阵，又四散而去，仿佛一场宗教活动。徒步的路上总能遇到其他国家的徒步者，大家相遇时都默契地点点头，用尼泊尔语互道一声“你好”。

除了陌生人的善意和同伴的友情，在尼泊尔徒步最大的收获是对自己的考验。在这条路上，虽有队友，但真正要走下去的是你自己。你不能撤退，也不能等待。

“真正看到安纳普尔纳牌子的刹那，却平静得连走了多少公里都懒得去算，好像这不是一个成就。危险和体力的消耗此刻都已变得无足轻重，只有那一段孑然独行的雪路，孤独坦荡，美妙异常，想来可以收藏很久。”

世界在她的爱人面前揭下了神秘的面具，他们是如此幸运。

年轻人最不应该缺的就是年轻

大家徒步下山，回到博卡拉的当晚，突然下起了暴雨，那时已经到了尼泊尔的雨季。丢丢和她的同伴没有刻意回避，他们在雨中漫步，享受从头到脚被淋透的感觉。回到房间，大家洗完澡，去餐厅吃了顿火锅。

丢丢说，每一次旅行都会有一些奇妙的意想不到的遇见。在同伴们陆续回国后，她一个人留在加德满都看艺术展，恰好遇到了另一个相似的灵魂。他们从晚上 7 点聊到奶茶店关门，又边走边聊走到帕坦庙。那个朋友六年前从经济学专业退学后成了一个艺术探索者，为戏剧公司做舞台策划。他还参与做公共艺术项目，在尼泊尔与其他志愿者一起用艺术做针对震后灾区的心理疗愈。丢丢提出："我想成为一个有社会影响力的人，但艺术看起来离解决实际问题还有些距离，这是我对公共艺术有所困惑的原因。"朋友想了想说："你学的是政治，所以你很清楚政治是怎样运作的。但艺术不会直接告诉你问题是什么，应该怎么做，你也并不喜欢这种方式，但总有一天你会慢慢明白。亲爱的，你正走在正确的路上。"

也正是这次谈话之后，丢丢坚定了去伦敦国王学院学习艺术与文化管理的想法，也更加坚定了她热爱人类，热爱艺术、宇宙和未知的想法。

“每次遇到气味相投的人，聊着聊着就激动起来，恨不得把过去十几年遗漏的缘分都续上，想冲上去抱住他说一句：哎，真喜欢你啊。”丢丢说，人类发明了那么多复杂的情感和表达方式，为什么不能选择这最简单的一种呢？

从尼泊尔回来后的整个5月和6月期间，丢丢白天去实习，晚上排练话剧，周末拍毕业微电影。7月，她到京都去登山，去台湾学潜水。8月，在设立于重庆的破壳峰会上给孩子们眉飞色舞地讲她钟爱的20世纪60年代，告诉他们“在我还负担得起机票和时间的时候，来‘破壳’这样的地方走一遭，就是我生活的理想主义”。丢丢说：“8月的重庆热得有点魔幻，分别时眼泪都蒸发成了汗，江湖儿女江湖见，酒不醉人人自醉。”而夏末的时候，她和朋友们在成都拍一个文艺短片。“我们在星巴克的露天座位上聊到半夜，突然下起暴雨，就各自抱着剧本狼狈地冲回家。与几个成都人在故乡拍摄和放映的过程，也是让我重新认识并爱上这座城市的过程。”

“好在，二十三岁的生日前夕，我终于画出了那张‘人生地图’。在经历了那么多年时而激烈、时而温柔、时而诚实、时而虚伪的自我对话之后，我有了一张摸着良心、闭着眼睛画出来的‘人生地图’。它并不是一个已经成型的、最好的我，而是所有的我的总和，值得我为之继续热爱人类和忠于自我。”

丢丢曾经分享过高晓松的一段话：“二十多岁的年轻人最不应该缺的就是年轻。年轻时像一个中年人一样生活，那你以后干什么？以后你有漫长的岁月像一个大人一样生活，那样的生活漫长无尽头。年少就该轻狂，就该挥霍，就该不靠谱，就该每五年回头想起来自己说过的话，做过的事，就想抽自己。未来有很多年你可以很成熟，年轻的时候就该让自己年轻。最终每个人都会经过漫长的挣扎，被生活打败，生活也绝对不会因为你二十多岁时少年老成，就饶了你。你无论怎样赌过你的青春，都会步入和大家一样的中年，最后一样被打败。所以你和别人不同的时候，只有你二十多岁年纪的时候。”

这也是为什么，对待青春，我们不妨大胆一点。

在接受李不拉的采访时，丢丢说：“我觉得人的探索本来就是一个没有止境的过程，现在的很多年轻人，在二十出头的年纪，可能很焦虑：我要选哪个行业，我要选哪个公司，我要做什么？这当然很重要，因为这关系到你的生存。但是我会换一个角度去思考，去想我是一个什么样的人，我的终极目标是什么，从这个角度去考虑我现在做什么能与之相符。

“我希望以后成为一个影响者。我认为影响的途径有很多，并且是殊途同归的。有人打工，有人创业，有人做其他事情，我现在找到的路径是做艺术这一块。好的艺术作品，生命周期会很长，能影响几代人。我相信这种时间维度很长的东西，所以我愿意去做。相信你所做的事情的价值是很重要的，当然每个人的价值观不一样。

“对我来说，如果在艺术领域工作，我希望可以做一辈子。我不想把工作（事业）跟生活割裂开。艺术是一个可以做到老的领域，很多行业因为工作性质，到某个年龄段可能就得退休或转行，但艺术是一个需要慢慢积累、不用着急的东西，这会让我保持一种舒服的状态。”

对丢丢来说，二十来岁，就是青春的大理想国。她一边像个女战士热血沸腾地爱我所爱，一边又聪明而柔和地享受着生活。

在新的一年写给自己的文章里，她用童话般的天真口吻写道：

这些年，我还是喜欢那种在海上漂流的感觉，与浮礁、风浪斗智斗勇，把海浪、月亮和银河揣进怀里。不被任何一座岛屿捕获而成为它的岛民。

但会不会有一天，而且是不久之后的某一天，我就迫切地想要停驻在某座岛屿，献上我的罗盘以示心意，而对声色俱厉的潮水充耳不闻了呢？

桅杆降下变成木头屋顶，放肆的灵魂暂时搁浅，只庆祝存在，不计较意义。

倘若有那么一天，就接受命运，如同馈赠，做个会捕捉和豢养星星的小岛的子民。

激流勇进或倦于风尘都是少女的选择，就像请朋友给自己拍裸照一样，唐丢丢只想记录当下最真实的自己，活出自己的样子，她说“我不想变得更好了，我只想自然地活着”。

李文旭：即将死去，仅此一生

美国一号公路加州段，李文旭准备从这里出发，南下骑往中美洲

继休学骑行北美洲之后，李文旭依然我行我素。

他选择了从研究生院退学，尽管一年前众多朋友费尽心思地争取，学校才勉强同意保留他的学籍。这是一条少有人走的路，正如他自己当时所了解到的，两三千人中也只有十来个会退学。他很理智，觉得自己毕业后想做的还是律师，而再用三年去学习理论知识，时间成本难以负担。

谈不上后悔，在他看来，鱼与熊掌不可兼得，有得就有失。他说："继续念研究生和退学工作都是独特的生命体验，其实无论哪种选择都没有错，就看你更喜欢什么。"

对于自己当初的选择，他也不认为是经过了怎样的深思熟虑，“也可能全是凭感觉，只是越到最后越能体会到在情感上哪个选择更强烈，才知道这就是正确的路”。

工作一年多后，李文旭更淡然了。“从一开始不当警察去参加间隔年，到后来的从研究生院退学，我觉得至少能选择本身就是一件很好的事情，想想自己身边的同学，从一开始就放弃了选择。”他庆幸，至少自己还有选择的能力和空间。“虽然做出选择并不意味着就能控制生活，但至少保留了控制生活的强烈愿望，不管是情绪，还是金钱或其他的东西，能自我控制，我觉得就是最好的生活状态。”

李文旭把这种自我控制贯彻到了生活的方方面面。他每天坚持运动，在饮食上极其苛刻，间隔年期间养成的素食习惯一直保持至今，连烟也戒了。很少看微信，回复微信也有固定的时间段，并且有时间限制，他习惯从书籍中获取新知。

如今，李文旭和自己心爱的姑娘生活在充满江湖气息的山城重庆，颇有一些大隐隐于市、静心修行的味道。

不安分

对于大学，李文旭这样形容自己："喜好自由的生活，却误入中国人民公安大学这样一所体制内的学校，人生最好的四年，不能说是浪费了，但内心的张力却无处释放。"

当张力逐渐累积内化，注定会有一颗不安分的心。于是 2011 年寒假，还是大一新生的李文旭，就和好友阿坤开始了从青岛到重庆的顺风车途搭之旅。"人总是对未知充满怀疑和恐惧，出发前我们心里也没底，不知道能不能抵达。"但搭上第一辆车的喜悦很快就打消了内心的不确定。"在青岛的一个收费站，我们搭上第一辆车时，哥俩兴奋地在马路中间跳起来，我们对师傅一遍又一遍地说着'谢谢'，就像教徒感激度世的主。"

他还记得那个把他们从武汉的一个服务区一直载到贵阳的何师傅。"我们半夜无数次被师傅的闹钟吵醒，当时很不理解，师傅白天都那么累了，晚上为什么还要设那么多闹钟？"第二天他才知道，原来是为了提防有人偷油箱里的油。"之前就被偷过几次，所以不敢大意。"而且，"师傅的座位旁有一杯很浓很浓的茶，他还不停地抽着烟提神。开车要一直坐着，这几年跑下来，他的身体也落下很多毛病。”

还有在巨野遇到的孙哥。“他与我们同龄，十六岁就开始跟方向盘打交道，脸上比我们多出一些被生活洗礼过的痕迹——已经是十几名员工的老板，同时也是两个孩子的父亲。”他们一直保持联系。“今年菏泽牡丹花开的时候，孙哥几次来电叫我过去赏花，因忙于一些琐事而不得去。”

三千多公里，十几位古道热肠的师傅，用爱的接力把这两个年轻人从远方带到家门口，这让还是青葱少年的李文旭，以搭车方式更深入地接触到长途货运司机这个群体的生活，真切体验了这个世界他还不熟悉的一面，“最大的意义就是为我打开了生活更多的可能”。

如果说鲁渝顺风车之旅是李文旭与这个世界建立联系的起点，那么，2012年暑假，他独自一人的京渝骑行——两千五百多公里的奔波劳碌，则开启了他的自我探索之路。

李文旭说自己当时就闷头闷脑，抱着一种纯粹的固执，刚开始时其实也特别没底气。“不碰车的我居然要从北京骑回重庆，而且还是单飞，再加上头一个晚上就一个人在门头沟的荒郊扎营，被乌鸦的叫声和莫名的响动弄得有些胆怯。”

但冥冥之中，好像有一种善意的力量——就在他犹豫害怕时，遇到了一个不可思议的徒步者。

“王叔一身褴褛，尽染风尘，但目光却如朝圣者般坚定。他从广东出发，一路北上，途经福建、浙江、江苏、山东及河北。我们相遇时他到了山西灵石，打算徒步到四川峨眉。”李文旭心中生出由衷的敬意，敬重王叔心灵的纯粹和精神的执着。两个人同行一天半，在王叔的带领下，那个犹豫胆怯的他也慢慢找到了在路上的感觉。

从北京骑行到重庆，到底要经历多少次的越岭翻山，李文旭也许记不清了，但“差点泪下”的秦岭之巅是如此的刻骨铭心。那天下午已经6点了，山顶还遥遥无期，他明显感到体力不支，但还是婉拒了愿意带他上山的司机大哥。“掏出手机，将音量调到最大，耳边单曲循环着那首《在路上》。没人知道那个下午在大山深处我的心灵和身体承受了多大的考验。”

那天晚上7点20分左右，终于迎来了成功登顶的那一刻。“我对着来时的路发疯似的喊叫，歇斯底里地欢呼，像是一场尽情的宣泄。那一刻，我已经忘了上山时的艰涩，它是如何让我在四十五公里的上坡路上近乎绝望的，唯一的感觉就是那被汗水浸湿了的T恤有点冰冷。”

天快黑了，他再次上路，以五十迈每公里的速度下山，赶往广货街镇。**“我差点哭了，永远不会忘记二十一岁那年，自己一个人到过秦岭之巅，从此再没有过不去的坎儿。”**

接下来的翻山越岭，依然是各种虐人的长坡、陡坡，还有未知的难走的路。然而，无一能动摇他铁打的心，坚毅已成了一种习惯，他只管“遇坡爬坡，逢河蹚河”。

长途骑行就像修行，不仅是体力的消耗，更是精神的磨炼。尤其是翻山越岭的时候，因不知前方的下坡路到底在哪里，每次都以为快要到了，没想到又是另一个上坡。就这样，看到希望又失望，看到希望又失望，反反复复地折磨，却在某种程度上帮助李文旭克服了精神上的退缩，正如那句话——“那些凡是不能打败你的，最终会使你变得更强大。”

京渝骑行结束后，李文旭并没有停下来。

接下来最疯狂的莫过于他提出的“五元去台湾计

划”——从周围愿意帮助你的人那里获取五块钱资助，实现去台湾的梦想。

“我就读于一所管理极严的高校，没机会兼职，又不愿伸手向家里要钱，我的旅行费用大都靠削减生活费得来。像从北京骑回重庆的前三个月，每天的消费基本都控制在十五元以内，于是便有了这个异想天开的计划。”

那一个月，“每晚下了自习，我会去向不同的人重复那套我倒背如流的话。每天早上再去超市兑换整钱，超市的小妹常常用诧异的眼光看我，她想不通为什么我每天都有那么多的零钱。”整个过程，当然有被质疑和不理解的遭遇，现在回想起来，李文旭很感激当时的自己——“没有轻易选择安逸，没在乎别人的嘴巴和眼睛，执意去做了自己想做的事情。更感谢那些曾经给予我帮助的人，是他们让我有故事可说。”后来，整个计划有幸获得“中国国家地理校园行知客”活动的赞助，他如愿实现了台湾自由行。

可以说，整个大学期间李文旭都是不安分的，那颗扑通扑通乱跳的心一直在驱使他往外走，进行更深层次的思考，过去发生的一切在不知不觉地塑造着他，心中一些模糊的部分也逐渐明朗起来，甚至开始燃烧，才有了后来的间隔年。

奔向人生的“阿拉斯加”

“六读《荒野生存》，还要读多少次我不知道。”

说这句话时，李文旭骑行到了危地马拉，正在那儿的一座小城里养伤。

《荒野生存》讲了一个刚大学毕业的年轻人克里斯，刻意割断人类文明给予他的所有牵绊——家庭、朋友、社会、感情，以近乎原始的方式，从亚特兰大流浪到阿拉斯加，最后走进阿拉斯加的荒野中生活的真实故事。

阿拉斯加荒野，荒凉、广袤、人迹罕至，处处潜伏着危险，符合每个人心中对于工业文明之前的大自然的最原始最粗犷的想象。

李文旭心里住着一个克里斯，有着对原始对自由的同样的渴望。作为尚未被工业文明侵袭的原始之地的象征，阿拉斯加同样是他这次间隔年的主要目的地。

“我等不及了，六十六号公路以及阿拉斯加的荒野，无数次、无数次地在脑海中闪现。我注定要去那里，一切无可避免。我注定要去那里。这不仅是一个目的地，更是我要去往的我那不被束缚的人生。”

因此，李文旭又给自己设定了一个艰巨但不想妥协的目标——四个半月时间，一万三千多公里的行程。从阿拉斯加最北端的小镇戴德霍斯出发，一路南下，抵达加州的洛杉矶，再从洛杉矶沿着著名的六十六号公路一路向东，骑到美国东海岸的纽约，他希望用自己的车轮分别纵贯和横穿北美。

2015年9月，通过中介申请的加拿大签证被拒，万般无奈之下，李文旭只好买了一张飞往美国西雅图的机票，因为网上的信息说，他可以在西雅图现场办理加拿大签证。

9月27日，肩上硬扛着一个七十多公斤重的大纸箱，里面装了自行车、帐篷等杂物，身边还有一个五十多公斤重的背包，几番周折，李文旭终于把沉重的行李从重庆老家带到了成都双流机场。

然而，谁会想到，一向严谨周密的他却给自己开了一个如此低级的玩笑。“在最后一次确认航班时间时，我才意识到自己因看错时间已经错过了航班。当时订票网站发来提醒信息时，我正在回复朋友的微信——因为自己刚刚在微信公众号平台上发出第一篇文章。”本应载着他和他的梦想的航班，早已经飞走了，如此一来，他不仅浪费了五千多块钱的机票，而且行程必须延后一周。

接下来，好像玩笑一个接着一个，就像骑行时的翻山越岭，一个上坡后，又接着另一个上坡，完全没有休息的间隙。

李文旭在西雅图的加拿大领事馆焦急地等待着，等来的却是工作人员递给他的一张小纸条，上面写着：“已经取消现场办理加拿大签证的政策，只能在网上申请。”这意味着要取得加拿大签证，他需要在西雅图等待一两个月。

那一瞬间的挫败感，尤其是梦想的挫败，对于身在异国他乡的李文旭是难以言喻的。“尽管无数次无数次地想去阿拉斯加的荒野，但不可控因素还是无情地把北方荒野的梦想碾碎，只剩下无力感和愤怒。”

“愤怒终究无济于事，旅程还得继续。”李文旭也只能忍着遗憾暂时放弃奔向阿拉斯加的荒野梦，抱着走一步算一步的心态。有过长途旅行经历的人都明白，在路上总是有太多不确定、不可控因素，你永远不清楚下一秒是惊喜还是意外，这大概也是它的迷人之处。

而这随性的心态，让本来四个月的骑行延长到七个多月。李文旭一路向南，想沿着墨西哥西海岸骑到南美洲的最南端，但又一次被签证问题阻碍。

本来拿着美国签证在很多中美洲国家交点钱就可以过去，但尼加拉瓜这个国家特殊，持中国护照的人凭美国签证和 CA-4 签证（中美四国签证，指危地马拉、洪都拉斯、萨尔瓦多、尼加拉瓜四个中美洲国家中，申请任意一国签证，可在四国通用）都无法入境。

“别的骑友都是一本护照行天下，我却处处受限，心中不免牢骚。而我又是一个有强迫症的人，觉得落下一个国家心里的坎儿就过不去，心想既然不能骑完整，那就等下次吧。”

最终，李文旭没有继续向南，而是选择从墨西哥出境，骑到了危地马拉、洪都拉斯、伯利兹，然后再次入境墨西哥，北上至坎昆，结束了他的这次北美骑行。

当被问及这段经历有没有比较难忘的人或事时，李文旭说：“在路上遇到的每个人我基本都能记起来，被接待过一次、和他们住过一个晚上之后，其实印象是非常深刻的，与他们相关的每个镜头都非常深刻，我都记在心里。但你的提问，让我想起刚到美国时第一个接待我的沙发主，那是我第一次用英语和美国人交流。住在一个美国家庭，和一个当地的美国人聊天，这是前所未有的经历。她妈妈甚至给我弹吉他，唱《乡村男孩》，我们还一起唱尼尔·扬的歌曲。这些都是特别美好的经历，是我这辈子都不会忘记的。”

“在圣迭戈时，默洛告诉我，南下下加利福尼亚也许是世界上最孤单的旅程，在过去的几天，我深深体会到了这片土地极致的荒凉和孤寂。”但就是在这片被人遗忘的孤寂之地，李文旭和一对墨西哥情侣收获了最珍贵的友谊。

“因为不会西语，对墨西哥这个国家的了解，也仅限于为应付高考死记硬背的一点历史常识，我最终决定和这对墨西哥情侣结伴南下。托诺奉行素食主义和多宗教信仰，是一位居住在墨西哥的艺术家，他有着得体的言行举止。利科是他的女朋友，供职于一家公司，有一份不错的薪水，她乐观大方的性格总让我想起我的姑娘。

“我们一起穿越下加利福尼亚沙漠，每天都见不到什么人，只有我们三个。平时我的水喝完了，尽管他们自己也不多，依然乐意与我分享；晚上我做米饭的时候，会主动做我们三个人的。在这片土地上，我们彼此照顾，苦乐同享，短暂的磨合便生出了许多默契。

“要不是他们带我进入墨西哥，我根本不知如何适应。当时没有提前学好语言，一个西班牙单词都不会，也不了解当地的治安。遇到他们，我才学了一些基本的西班牙口语，比如‘米饭’‘宾馆’‘水’等，也对当地治安有了实质性的认识。如果是我独自一人在沙漠里骑行十几天，还不知道会发生什么。”

他们三人一起骑到下加利福尼亚时，结伴十七天的利科要回家了。“在十几天的沙漠骑行中建立起来的感情，是一种很纯洁的友谊，我们彼此信任。分开的时候，想到彼此今后也许再也见不了面了，忍不住泪流满面，那个情景至今历历在目。”

“但我知道，从此以后，在这片土地上，我有了真挚的朋友，任何时候回来，都有一个地方供我停留。我终于要彻底和加州这片土地说再见了，我感到，就算这短暂的一生不会再来这里，心中也没有任何遗憾了。”

后来，托诺和利科决定恢复朋友的关系。他们高中时相恋，大学就读于不同的城市，感情无疾而终。十年后的一次机缘巧合，让他们再度重逢，于是两个人决定从旧金山出发，开始一起旅行。旅途经历让他们深入了解了彼此，并遗憾地认识到对方不是适合自己的终身伴侣。“我理解他们的决定，无关道德，只是适合与否的问题。”

“每当闭上眼睛，回想自己骑行过的路，温馨的镜头如雪片般飞来：每天给我发好几条短信，挂牵我的安全与温饱的德国奶奶；我一路往南骑到墨西哥边境时，寄给我自行车轮胎及工具并提醒我及时更换自行车零件的美国爷爷……在路上，也许仅一面之缘，也许后会无期，但那些相逢的经历始终温暖着我的心灵。”

正如杰克·凯鲁亚克《在路上》这本书中所描述的与人群相遇的乐趣：“我一辈子都喜欢跟着让我有感觉有兴趣的人，因为在我心目中，真正的人都是疯疯癫癫的，他们热爱生活，喜欢聊天，不露锋芒，希望拥有一切。他们从不疲倦，从不讲些平凡的东西，而是像奇妙的罗马烟火那样不停地喷发火球、火花，在天空像蜘蛛那样拖下八条腿，中心点的蓝光‘砰’的一声爆裂，人们都发出

‘啊’的惊叹声。”

二十三岁的最后一天，李文旭是在圣迭戈的梅尔家度过的。“七十岁的梅尔不断地说起他非常羡慕我的旅行。四十三天过去，我发现没有比走出来与世界建立真实的联系更正确的决定，也没有比骑行更好的旅行方式。有的人可能一生都走不出一个地方，而你在年轻时就到过远方。一路虽有苦累，但一切都值得。”

带着对阿拉斯加荒野的渴望出发，李文旭最后还是没去成自己心目中的“爱乐之城”。

遗憾吗？当然会有。重要吗？但这不重要。“阿拉斯加”更多是一种象征，一种对自由的渴望。只要这个信念还在，无论在哪里，都可以找到属于他的“阿拉斯加”。

享受旅行

“一路上，人们对我说的最多的就是‘享受旅行’，是的，没有比‘享受’更重要的事了。”

而对于李文旭来说，骑行就是最“享受”的一种方式。“骑行不像徒步那么辛苦，也不像自驾那样单调。中途骑累了，需要去小店买一瓶水；晚上搭帐篷时要发出请求，问别人是否允许；要询问找沙发客的途径……这就有了很多与人面对面交流沟通的机会。对我来说，外出旅行最重要的是要和当地人建立一种联系，我当初在路上认识的朋友，很多到现在一直保持着联系。”

“因为骑行，我有很多机会去近距离接触一个东西，甚至触摸一个东西。像在中美洲有很多椰子树，渴了就把自行车往旁边一放，爬到树上摘个椰子下来，一边喝椰子水，一边发呆，这种感觉也很美好。”

有一次，李文旭甚至在下加利福尼亚州的沙漠与北美洲的小狼相遇。

“你见过仙人掌，但我确信你从未见过如此壮观的仙人掌丛，整片土地都被它们占据。晚上我们就在这仙人掌丛中扎营，头上是满天繁星，帐篷外不时有小狼的嚎叫。其实，那天晚上我很害怕，一夜的嚎叫让人心慌。幸亏同行的两个墨西哥小伙伴对当地的情况比较了解，他们告诉我这种狼是不咬人的，只是叫声跟狼一模一样。第二天一早，我发现竟有一只小狼就在帐篷外，离我们很近，大概三四米的样子，那种感觉真是触目惊心。平时很难有机会如此近距离地接触它们，现在想来，那真是一个美好的早上。”

这样的经历，让他想起了以前看过的一部电影——《白日梦想家》。“电影里有个镜头，一位摄影师候在山里等着拍摄一个出没无常的动物，但当它终于出现时，他却没有按下快门。他说那一刻他需要做的就是静静观察，我现在越来越能理解。当我看到好的景致时，也不想按下快门，因为那会影响我欣赏。”

自然的纯粹让李文旭静下心来欣赏那些不起眼的、容易被忽略的存在，而自然的另一面，更教会李文旭敬畏与珍惜。

“那时候睡在帐篷里，好几天没有床，也不能洗澡，等了很久才有个沙发主愿意接待我。到了沙发主家里，洗完澡躺在床上的时候，感觉那是最大的拥有。还有在沙漠的时候，断水了，渴得嘴唇都脱皮了，不知道哪里能买到水。幸好有两个同伴，喝下他们给的那口水的瞬间，我真正体会到了幸福。”

一张床，一口水，这些日常生活中习以为常又唾手可得的东西，从李文旭的话里你能感受到它们被珍视的程度，好像变成了珍宝。

间隔年结束差不多两年了，如今的李文旭坚信："那些留给自己的、永远影响自己的东西，包括现在支撑自己走下去的信念和力量，都是在路上体会到的，最大的收获就是心怀感恩，珍惜拥有。"

"我常怀一颗感恩的心，感恩自己当前所拥有的，感恩自己有个幸福的家庭，有个好伴侣，还有一群好朋友、一份好工作，我觉得这样就足够了。"

谈话中，李文旭忍不住好几次谈起他的姑娘。"我女朋友是一个特别有爱的人，她的爱特别丰沛，特别有活力，能遇到她我特别感激。"在飞往西雅图之前，李文旭充满柔情和爱意地记录了自己与姑娘别离的情景。"她送我到菜园坝，我极力抑制情感的流露，不然会更加不舍。三年异地恋，从未有过争吵，生命中再没有比遇见这样一个姑娘更幸运的事。她支持我的所有决定，即使那些不被外人支持和理解的。她的眼泪在打转，我答应她一定安全回来。那一刻我在心里暗许：以后要么不远行，要么一起走。"

"享受旅行"，从某种角度来说，就是享受当下，珍惜拥有，这也是深深扎根于李文旭头脑中的理念。“没什么是理所当然的，阳光雨露、柴米油盐和爱情，都是自然、社会和他人赋予的，我常怀一颗感恩之心。”

即将死去，仅此一生

这几年，李文旭越来越感觉到，每条路用心去走，都会很精彩。“当时看似艰难的决定，其实并没有那么糟糕。就像当时我认为当警察是一件非常痛苦、很不自由的事情，其实也没有想象得那么严重，是我自己看得太重了。生命中每时每刻都需要选择，只要清楚自己想要什么，也许当时会觉得特别艰难，但只要坚持一直往前走，一切都会好起来。”

“任何东西都不应该成为你生命的全部。”李文旭说这是他大学同学分享给他的特别好的一句话。“这也是我为什么没像其他人，继续选择间隔这种生活方式。无论什么东西，都不能成为你生命的全部，我们的生命应该由很多东西组成，包括你的经历、友情、爱情和亲情，工作也是很重要的一部分。”

任何选择背后都隐藏着某种信念，而促使李文旭走上一条少有人走的路的，是对“自由生活的渴望”。“我每天都会思考自己的梦想是什么，自己到底想要什么，一路上费尽周折，其实说到底就是为了最终的梦想，为了自由，要是一点梦想都没有的话，我会去当个警察，当个公务员，不会做那么多大费周章的选择。”

“每一天我都告诉自己，要求知若渴，逐梦若疯。每天都要朝着那个方向走，就一定能做到很多我想做的事情，因为那个东西就在那里。像我一开始吸烟，但现在戒掉了，从某种意义上说这也是一种自控或自律。至少在吸烟这个行为上，我控制住了自己。正如我选择吃素一样，这说明我能控制自己的饮食。你能够控制一样东西，就能获得某种程度的自由，即使是一种很狭隘的自由。

“在选择过程中，当然会有很多种舍弃，放弃一些东西，才能得到一些更重要的东西。我觉得这些都是回避不了的，你要成长，就要不停地思考，要做出抉择，哪些东西是需要放弃的，哪些东西是要坚定不移地坚持的。我们很多人，包括我自己，也许在这个过程中找不到什么是最重要的，但至少你能清楚自己不喜欢什么，就像我当时能确定的就是自己不想当警察，才有了后来发生的一切。无论什么情况，你都要不停地寻找，不管是回望以前的生活经历，还是放弃自己不想要的东西，我觉得这都是必须要经历的。

“我每天起来必须告诉自己——‘即将死去，仅此一生’，然后才有勇气回过头审视自己过去的，已经拥有的。我们不能每天都急于追求，但每天都要告诉自己，心怀感恩，珍惜拥有，追求自己想要的，那就是求知若渴、逐梦若疯。

“告诉自己‘即将死去，仅此一生’，只有这样，我才能很清楚地知道什么是重要的，什么是不重要的，然后才会产生一种改变的力量。”

死亡固然不可预测，但可以确定它一定会来。与其浑浑噩噩地逃避这个现实，不如坦然面对，把死亡当成下一秒即将发生的事。人生好像套上了紧箍咒，一分一秒都不敢怠慢，去珍惜自己所拥有的，像疯子一样尽全力去追求想要的。如果幸运，今天又多活了一天，我们所拥有的就又增加一分。如果不幸，至少是倒在了追求梦想的路上，活着的每分每秒都是为自己而活。

“即将死去，仅此一生”这短短八个字，道出了他对死与生的思考框架以及每天所秉承的行动原则。这八个字，总是在我们的谈话中反复出现，他不厌其烦地说了一次又一次。每次说到，他的音量都会无意识地提高几个分贝，声音浑厚有力，异常坚定。

“向死而生”，这就是他坚定不移的人生哲学，他也坚定不移地说了一遍又一遍。他是在说给每一个“求知若渴，逐梦若疯”的人听。

姚　舜：把旅行变成最有意义的人生事业

姚舜在缅甸蒲甘看日出时，被大自然的壮美深深打动，拍下了这张照片

姚舜，1993年生人，一个时刻在路上的环球旅行体验官。大四下学期时休学参加间隔年，开始了从北京坐火车到罗马的百日壮游。一路上遭遇无数险境，在土耳其被当地黑帮“追杀”，差点走不出来，好在最后都化险为夷。后获得间隔年公益基金一等奖学金资助，用一百天深度环游东南亚、南亚七国。姚舜至今已经旅行过六十多个国家，过着令无数同龄人羡慕的人生。

“对不起，我休学了”

“世界那么大，我想去看看。今年二十有四，初窥三十余国，深感世界之大、自身之渺小，在过去的几年里，我们都重复做着同样的事情，我知道我需要改变，我想去寻找和思考。我见过一生都在努力工作的人，可当他们退休了，就很难再做曾经想做的事情。我还年轻，我想试一试，尝试第二种人生。

“休学一年计划：出书、创业、走天下。

“这一年的间隔年，我可以出书惨淡、创业失利，但绝不会真正被打败。已经长大的我们都必须学会一个人面对世界，面对自己，面对独立。”

这是一个叫姚舜的年轻人，在 2016 年初春向学校递交了休学申请书。彼时他已经读大四，即将面临毕业，同学们都陆续收到工作邀请函，各自计划着踏入社会后走上正轨的生活，他却背上行囊出发了，成了中国第一个从北京坐火车到罗马的行者。这趟旅行，花了整整一百天，途中有惊喜，也有惊吓，是他的第一个“百日壮游”，也是他第一次真正意义上的人生冒险。

他并不是一个一腔热血的理想主义青年，他的间隔年是一次酝酿许久的探索，是一次深思之后拥抱自由的壮游，也是一次脚踏实地改变人生的旅程。

现在，无论何时打开姚舜的朋友圈，都能看到一次次让人大开眼界的环球旅行：去东南亚最高的神山登山，在越南、印度尼西亚冲浪，去瑞典的“国王之路”做雪地徒步，在土耳其体验滑翔伞，还在八十天内来了一次非洲到南美的旅行……这个二十几岁的旅行博主，在两年时间内，先后完成了“从北京坐火车到罗马”和“壮游东南亚、南亚”的两个百日旅行计划。毕业后他选择了自由职业，做起了全职旅行博主，三年时间里已陆续去过四大洲的六十多个国家，积累了几万的关注者。

让我不能相信的是，这个从零开始的旅行博主，其实一直到大三才第一次出国，去的还是离中国很近的尼泊尔。“一路从南京坐火车到青海西宁，二十七个小时，再从青海西宁坐到西藏拉萨，又是二十三个小时，这中间都是坐硬座，因为买不起卧铺票。其实倒也不是买不起，就是想省钱。到了西藏，我想护照都带了，不如顺便去一下尼泊尔，于是这便成了我走出国门的第一个国家。”

第一次出国旅行并不太顺利，姚舜坐了十几个小时的大巴，一路颠簸到加德满都，结果当晚一到，就被告知尼泊尔发生了严重塌方。尽管如此，心大的姚舜还是在尼泊尔优哉游哉地深度游了十几天，等到要启程回成都时，才了解到这不是简单的塌方，基本“半座山都塌了，把下面的村庄都盖住了，形成一个很大的堰塞湖”。当时大部分人选择了买机票“逃离”尼泊尔，姚舜则听从当地人的建议，雇了一个挑夫帮他挑着行李箱，一起徒步回到了中国边境。

然而这次经历却让这个大三才第一次出国的男孩比其他人更早告别了安稳的生活方式。

刚开始间隔年时，姚舜完全没想到自己会一发不可收拾，过上以旅行为职业的生活。对于目前这个在世界各地飞来飞去的旅行家来说，生活的巨变不过是间隔年这段时间，而间隔年又只是源于一个小小的突发奇想。用他的原话说就是：“当时只是为了获得足够的经济支持，走到现在，已经将那一次意外的出走变成了顺理成章。”

一个人坐火车从北京到罗马

上大学时姚舜的想法很简单。“当年猎头就是精英职业，所以那时候打算学人力资源管理，想毕业之后做个猎头，赚足够多的钱，三十岁之后就辞职去环游世界。”听起来这是个普通得不能再普通的人生理想了。大三暑假，姚舜如愿去了一家猎头公司实习，事实证明——钱赚得还行，只不过“真的有点无聊”。他突然想尝试一下别的、不太一样的甚至有点疯狂的事情，比如，趁毕业前来一次前无古人的旅行：用一百天时间，从北京搭火车到罗马。他把这次旅行称为“壮游”，这也成了他的第一个“百日壮游”计划以及依靠高品质创意旅行照片在网上获得关注的起点。

虽然没有国际长途旅行的经验，但姚舜一点也不心虚，他觉得这是他大学期间应该完成的一个梦想，只要想好了就去做。一开始告诉父母自己要去参加间隔年时，他们是百般不解：好端端的，眼看就要毕业了，为什么突然要休学一年？姚舜知道这只是万里长征的第一步，他耐心解释自己的间隔年旅行计划，说自己想做国内从北京坐火车到罗马的第一人，回国之后也会努力创业。好在他开明的父母对儿子足够信任，终于带着疑惑点了头。

姚舜觉得，既然是“壮游”，就得做好准备，不能辜负了这个名头。一百天的旅行，姚舜做准备就花了三个月，几乎和旅行的时间一样长。说走就走的旅行，对他来说简直不存在。“订火车票、机票，办签证等都特别麻烦，一百天的住宿都要提前预订，光去学校教务处开学生证明，我就跑了五六趟，还要去公安局开一堆的证明，甚至要证明一些我们觉得无须证明的事实。”这也让他意识到：很多人的旅行可能就死在准备环节上，烦琐的准备工作没有耐心是坚持不下来的，况且旅行时还会遇到各种稀奇古怪的问题，所以务必要在旅行前做万全的准备，到时才不至于太被动。他认认真真做了三个月的攻略，事无巨细地查询了各种交通、住宿信息，他觉得自己准备好了。于是揣着家里七大姑、八大姨赞助的两万元以及自己大学三年靠摄影赚来的五万元积蓄，这个追风少年上路了。

出发后的第二天，他坐火车到了中国与蒙古的边境，准备出境时，没想到被边防官员勒索，他强压怒气才蒙混过关。当晚他和同车厢的一个日本人一起喝酒，喝得有点多，醒来才发现自己被围殴了。后来写游记时，他自己都哭笑不得，完全不知道当时发生了什么，好在被揍了也无大碍。

在土耳其，姚舜遭遇到了迄今为止旅行中最险恶的一段经历：他被设计进了诈骗局，遭到当地黑帮的“追杀”，还差点命丧土耳其。

那天姚舜独自在广场上看日落，这时走过来一个游客模样的年轻男人，想请他帮忙拍照，并借机和他聊起来，还邀请他去酒吧喝酒。想着盛情难却，自己又是初来乍到，姚舜就答应了，以为对方就是个热情的卡塔尔游客。晚上到了酒吧，刚坐下，就有两个漂亮姑娘走过来，问能否请她们喝一杯，这位卡塔尔男人很爽快地答应了。几杯酒下肚，到了结账的时候，账单上赫然写着八千二百多里拉，也就是一万多元人民币，消费水平比五星级酒店不知高出多少倍。

有些惊慌失措的姚舜虽然立刻意识到自己被坑了，但他认为这个卡塔尔男人也是不知情的受害者。保安立刻带着这两个付不起账单的人去取钱，姚舜把自己“百日壮游”的七万元总预算中的最后两千取了出来，接着又被带到地下室搜身，保安把他身上的卡挨个刷了个遍，只不过一路穷游的姚舜，卡里真的刷不出一分钱。想到自己“无产阶级”的身份，姚舜反而稍稍放宽了心，乖乖配合保安的所有要求。

眼看已经榨不出这个中国游客的油水，姚舜又一直求情，说自己是学生。保安把他取出的现金全部拿走，并面带愠色地丢给他二十里拉让他走人。姚舜本能地拍下了酒吧的招牌，谁知见他拍照片，五六个门卫直接炸了锅，而身边的卡塔尔男人也强迫他删掉照片，他这才彻底认清了这位奥斯卡影帝演技级别的骗子的真面目。

接下来是简直可以拍成电影的真人版动作片情节：姚舜气得笑出声，扭头就走，结果没走几步就发现背后有五六个黑衣人跟着，他感觉大事不妙，拔腿就跑。不到二十秒狂奔过一条街，与黑衣人稍稍甩开些距离，然后猛地扎进一个地铁站。他直接从A门进去，又马上从B门出来，见黑衣人也进了A门，就立即横穿马路再入A门，直奔购票机，掏出提前放在口袋里的零钱，投币—取票—过关，一气呵成。结果还没等他松口气，就被B门两个正坐着休息的黑衣人瞥见，姚舜赶紧冲到站台乘地铁，并在下一站下车重回地面，拦了辆出租车，语无伦次地让司机开快点，还拼命给司机做抹脖子的动作，表示自己正在被追杀，这才一路闯红灯逃回了青旅，也刚好用完了自己身上的最后二十里拉。

那天晚上凌晨3点，惊魂未定的姚舜写下了这次被“追杀”的经历。

在拥抱广大世界与广阔自由的同时，姚舜更需要对自己的际遇负责。如此惊险甚至有生命危险的倒霉事并没有吓退姚舜，只是让他对世界有了更清醒的认知，也让他在日后的旅行中多了一份责任感：比如，旅途中见有无良商家坑骗游客，即使会触犯很多人的利益，他也会毫不留情地站出来戳穿，因为他不想再有人重走他的老路。在海南陪家人旅游时遇到漫天要价的奸商，他迅速发了微博，引起了许多同病相怜的游客的共鸣。

一路途经二十六个国家，搭乘五十七次火车，历经七十九个日夜，寄出一百五十六张明信片，拍下二百七十三座教堂，累计两万五千三百多公里的行程，从亚洲到欧洲，从北京到罗马，从北极圈的冬到意大利的春。在中蒙边境被勒索，在土耳其惨遭当地黑帮“追杀”，在西班牙啃四天前在法国买的发硬的面包，被爸爸的一句

“对自己好点”感动得大哭……第一次壮游的路上，这些算不上美好的记忆，却成了他日后旅途中最为深刻的部分，因为，那是一切的开始。

从北京到罗马的旅程结束了，而距离休学才刚刚过去一小段时间，姚舜很快就想好了接下来要做什么：反正最终目标是要环游世界，既然现在就可以，为什么不直接去尝试这第二种人生呢？

靠着前一段的传奇旅行经历，他成功从几百名申请者中脱颖而出，获得了第二届中国间隔年计划的一等奖学金——三万元。2016年夏天，姚舜从广西南宁出发，坐火车到越南，开启了环游东南亚、南亚的第二个“百日壮游”计划。

从此，旅行家姚舜的故事就一发不可收拾了。

百日壮游东南亚、南亚

第二次的壮游，姚舜依然选择乘火车出行，横穿东南亚和南亚的七个国家：越南、柬埔寨、老挝、泰国、缅甸、孟加拉国、印度。每到一个国家，他都会尽己所能体验和学习当地人的各种技能，用一双敏锐的眼睛去探索被大部分人忽略的那一面。

在越南，出于对户外运动的热爱，他玩皮划艇、溪降，学习风筝冲浪和做越南春卷，上天下海，不亦乐乎。在泰国，他练习射击，学习泰餐烹饪，进修洞穴探险技能，学习泰拳，也深入寻访了长颈族人和泰国华人，并分别写了两篇报道，让许多人第一次了解了他们的生存境况。在最后一站——印度，他继续痛并快乐地旅行，去菩提伽耶体验佛教徒的生活，吃斋念早课，去恒河沐浴，在沙漠里露营，两床被子，铺一床，盖一床，睁眼是浩瀚的星空。

旅行逐渐磨炼出他随遇而安、处变不惊的乐观态度。在柬埔寨游览吴哥窟时，突遇大雨，被困在那里，他索性架起三脚架拍雨中的自己，怡然自得，全不见被困的郁闷。在印度，姚舜平生第一次遭遇火车晚点两天的状况，他索性不急了，背起相机在街头晃荡，拍下了一张张陌生的笑脸。

在旅行的同时，姚舜也尽职扮演着“旅行博主”的角色，把自己的所见所闻分享给越来越多的读者。他写下的那篇关于泰国华人难民村的文章，详细讲述了难民村的来龙去脉：当年被国民党军队抛弃的几千人的队伍，在东南亚的深山老林里顽强地生存下来，虽然代代繁衍至今，却仍是被当地政府忽视的弱势群体，经济条件极为落后，村里唯一一所教中文课的小学，只有少得可怜的几位老师。这篇文章几经传播，姚舜告诉我们，最后真的有人通过他联系到了那边的学校去支教了。这让他觉得自己真的是在一点点地改变世界。

“其实我觉得，有些事情做出来影响力会比较大，有些则影响力比较小，但在做之前其实并没有想那么多，只是为了坚守初衷，分享给更多的人。”同样的例子还有两年前他去马来西亚仙本那，为网易新闻做关于潜水的报道，三四天就收获了上千万的阅读量。近两年随着潜水文化的兴起，仙本那的潜店从姚舜当时拜访时的十二家增加到了八十多家，惊喜的同时他也在思考：“这对当地经济来说是更好的发展，但对当地的环境就不一定了。因为更多游客会带来更多垃圾、更多污染，且更多地影响当地人的正常生活。之前卖海鲜的可能就只有一两个当地人，现在满大街的人都追着你卖海鲜。”

姚舜在二十三岁的年纪就走上了原本规划的三十岁以后的路，可以说是三分巧合、七分努力。他也知道，走得长远才更有意义，不能仅满足于做一个旅行体验官。姚舜希望将来自己能成为一个真正的旅行家。对他而言，旅行体验官可能是“以旅行养旅行”并传递世界之美的职业，而旅行家则是在这个的基础上做更多对外界有意义、有价值的事。

比如在申请间隔年计划的时候，他就写下了“传播正确穷游理念”的目标——“穷游是一种理念，有它特定的方式。如果一分钱都没有，还要冠上‘穷游’的名号去旅游，那叫耍赖！”又比如，在帕劳遇到的每个向导，都会劝阻游客使用防晒霜，以绵薄之力保护这里的珊瑚带，他也想做这样的事情。

百日壮游东南亚和南亚之后，姚舜回家休整，为自己参与的中国间隔年计划提交了一份漂亮的总结报告，也冲自己正在徐徐展开的第二人生招了招手。

“其实从整体看，中国间隔年计划对我而言更像是一个项目，我把它完成了，等于是在人生的清单上打了一个勾，对自己也是一种肯定，让我知道自己有多大能力，能做多少事情。我还想去做更多类似的或更有挑战性的项目，因为我觉得这些履历不只是经历，也是阅历。对我而言，间隔年是帮我打开第二人生的一把钥匙。”

付出足够多，才能靠近想要的生活

“经过仔细考量后，我想停下来，休学一年，这一年是完全属于我的间隔年，我要尝试做不同的事，不断挖掘、审视自我，去试一试，看能不能创造出属于我的第二人生。”这是姚舜在初次考虑间隔年时写下的文字，而他真的在一年的间隔年之后，活出了完全不同的精彩人生。

其实倘若只看游记，大可不必非他不可，姚舜最闪光的一点，大概是他能脚踏实地地别出心裁。从不懂摄影的无名小卒，到被旅游局邀请的旅行博主，姚舜承认自己是幸运的。“经历一路颠沛流离也算是实现了梦想的一小部分”，在二十多岁的时候活成了无数同龄人向往的样子。不可否认，这其中有运气的成分，但他才不是一个靠“颜值”吃饭的幸运儿，过上想要的生活并没有那么简单。

和姚舜聊天越深入我越发现：要成为一个有趣的灵

魂，其实需要许许多多无趣的积累。

姚舜对自己一直有一股完美主义者的狠劲儿。“我的大学真的是一个台阶一个台阶爬上去的，真的是一步一个脚印。”最开始的时候，为了争取机会去旅行，如果有十个平台招募旅行体验者，他就会递交十份申请，哪怕收到一家的回复，对他而言就是成功。从上大学开始，姚舜就一直坚持短跑训练，大学期间连续三年蝉联校运会一百米和两百米比赛的冠军。每年大大小小的十几张奖状，也是靠挤睡觉和吃饭的时间拼出来的成绩，因为熬夜和三餐不规律，他还有过一个人去医院输液的经历。他很认真地告诉我们：“世界上有太多和我一样的普通人，希望在平凡的框架内做出不平凡的改变，希望赋予自我更多耀眼的光环。只有胆量没有资本，越是努力折腾，杀伤力越大。所以既要有敢做自己的胆量，更要有能做自己的资本。”

姚舜现在的头衔之一是摄影师，除了他的微博公众号之外，在许多热门的摄影和旅行平台上也都能看到他的照片。“大一生日时爸爸送了我一台单反，但说实话，一开始带相机就是为了装酷，后来才慢慢开始喜欢。关于我的介绍中，虽然写着各大图库的签约摄影师，但我是拍了三年照片才开始通过摄影去赚钱的。其实很多事情开始的时候可能顺理成章，而坚持到底绝对少不了加倍的努力。我只是相信，把时间花到哪里，哪里就会回报你。”

从不打无准备之仗的姚舜，在准备间隔年计划时，也是拿出了当年花三个月做旅行攻略的劲头。他做的间隔年预算精确到了个位数，一共是三万零四百七十二块，每一段行程的交通、住宿、吃喝等费用都事无巨细地算了进去，结果最后一路省钱的他，连三万都没花完。

挑战现代版“八十天环游地球”

去年，姚舜开启了一个新的旅行计划。他通过申请旅行基金获得了免费环游世界的机会，要在八十天内马不停蹄地穿越五大洲，把“八十天环游地球”变成现实。他的旅程从欧洲开始，向东到了阿塞拜疆和伊朗，向南抵达非洲的埃塞俄比亚，然后跨越到了南美洲的巴西、阿根廷与智利，最后抵达大洋洲的澳大利亚与斐济。这个二十多岁的年轻人，正用行动实践着他的人生哲学：**趁年轻，多折腾，把一辈子当成几辈子来过。**

在波兰，他“不惧死亡”住进了阴森的百年古宅，在踌躇了很久之后，还是去参观了奥斯维辛集中营的纪念博物馆，这是他所有旅程中最沉重的一次。但姚舜说：“旅行就是这样，既要分享愉悦，也要见证痛苦。”在巴西，他住进一辆改装过的迷你房车，开启了一次“阳光、沙滩、比基尼”的放松之旅。这也激发了他的房车梦——“开辆小房车，车顶放上冲浪板，一路慢悠悠，走到海边就停下来扎营冲浪，这样的日子应该不会太远。”

在看过了小半个世界之后，关于对旅行的理解，姚舜曾写下过这么一段话：“有些人就是想得比较清楚，他们认为，旅行是一种让自己从例行公事般的日常中脱离出来，去体验另一种生活的机会。也许正是这种对于旅行的认同感，才让他们格外珍惜每一次旅行机会——从往返机票和住宿的预订、装备行李的配置到记录心情的旅行笔记本——无一不精心准备。我几乎能想象出这种积极准备的态度，会让他们拥有怎样高品质的旅行经历。我不相信一个对生活麻木的人，到了远方就会有什么特别的感受。要清楚，旅行不是逃避生活，是为了更好地生活。如果你觉得旅行对你有用，那就去，不要因为别人去，你就要去。

旅行如此，其他亦然。”

让我惊讶的是，作为一个旅行博主，姚舜给自己的公众号写的介绍语是——“一个人的孤独栖息地”。

或许对于满世界四处跑的他来说，一个人在路上颠簸，慢慢地，孤独更像是一个朋友而非敌人。掐指一算，从大四休学到间隔年结束，姚舜在家待的时间总共不超过一个月，以至于每次睡在家里的大床上都像是在做梦，会梦到之前旅行的各种片段：从北京坐火车到莫斯科的颠簸，在圣托里尼潜水时的压迫，在土耳其上空体验滑翔伞时的失重……“还是家里的大床舒服，可以随意翻来覆去，没有了睡别人家沙发时的拘谨，也不必担心翻身会影响别人，早起会吵醒别人。”

2016 年秋天，姚舜的“百日壮游东南亚、南亚”之旅结束后，他装着一肚子故事，蓬头垢面地回到家里，端起爸爸亲手做的热气腾腾的面条时，禁不住掉下眼泪。每次在家停留的短暂时光，对他来说，都是一次至关重要的“充电”和“加油”，然后才能开启下一次的征程。

由于长期在外，姚舜的生活像是掉进了漩涡，变得起伏不定：他错过了初中、高中几位好友的婚礼，也渐渐和中学时代最好的朋友失去联系，不知还能否重返之前的交际圈；尽管有微信保持联系，爸妈仍盼望儿子能在身边多陪陪自己，奶奶更是希望他能留在本地过上老一辈人眼中安稳舒适的人生。但正如《在路上》中凯鲁亚克代表一代年轻人发出的心声："我还年轻，我渴望上路。"姚舜知道必须自己去选择人生，并且不断在困难与自我怀疑中看清脚下的路。

他在文章中诚实地写道："看到的世界越大，感觉自己越渺小，一个人在城市的霓虹里旅行，简直像飞蛾扑火。有时候艰难到无路可走，会深陷自我怀疑，还要在他人面前假装若无其事，甚至要撒谎说自己过得很好。那种孤独和磨难的反复折磨所带来的创伤，无法治愈，久而久之，人会变得百毒不侵，随遇而安。"

持续的旅行经历，让这个几年前连外省的大学都不愿意去的小男孩，成长为一个随便扔在世界哪个角落，都能够野蛮生长的人。旅行在不知不觉中悄然改变和塑造着他身上最重要的一些东西，也让他越来越能认识自己。

姚舜诚恳地告诉我们："其实有时候真的很羡慕那些能按部就班稳定生活的人，有平稳的节奏，也没有那么多桥段，但我清楚我过不了那样的生活。”或许，安定与冒险永远是值得探索的人生课题，而姚舜选择活在当下。

我曾经写下过一段话，用来描述像姚舜这样的人，也是写给那个渴望着成为他们中一员的自己：“这些年，我想我还是很喜欢那种在海上漂流的感觉，与浮礁、塞壬和风浪斗智斗勇，把海浪、月亮和银河揣进怀里。不被任何一座岛屿捕获，从此成为它的岛民。但会不会有一天，而且是不久之后的一天，我就迫切地想要停驻在某座岛屿，献上我的罗盘以示心意，而对声色俱厉的潮水充耳不闻了呢？桅杆降下变成木头屋顶，放肆的灵魂暂时搁浅，只庆祝存在，不计较意义。倘若有那么一天，就接受命运，如同馈赠，做个会捕捉和豢养星星的小岛的子民。在物质流动的宇宙里，未必需要立刻找到一个温暖的定居点，因为每一块大陆都值得连接，都有频率共振的信号，在召唤好奇心鼓足风帆。”

环游世界，不要钱但“要命”

旅行的另一面——旅途中的凶险与辛酸，是姚舜永远不想让家人和粉丝知道的，这些他只能独自承受，最多是用略带调侃的语气把它们作为谈资写进游记里。

以旅行养旅行，这听起来好像很酷，很容易，每天吃吃喝喝、发发照片，不花钱就能去巴厘岛晒太阳，去摩洛哥住网红酒店。可穷游的辛苦大概只有自己知道，因为经济来源不稳定，睡机场是家常便饭，四天前买的发硬的面包也要嚼碎了咽下去。有时也觉得心酸，不断问自己："为什么要这么辛苦，还要坚持下去吗？"即使现在成了小有名气的旅行博主，物质条件有所改善，但出门在外无法陪伴家人，朋友渐行渐远，旅途中不可避免的黑暗面和一人在外的艰辛孤单，都是别人看不到、只能自己打碎牙往肚里咽的体验。

旅途中，为保持公众号平台的更新，以优质内容吸引粉丝，姚舜每天晚上要花一个小时选图，一个小时修图，再花一个小时编辑，有时甚至只是为了在微博上发九张精选的照片。做完这些，再洗漱，基本就到休息时间了，用他自己的话来说就是：出门在外，根本没有自己的夜生活。无论是之前的"百日壮游东南亚、南亚"，还是后面的"八十天环游世界"，姚舜每天坚持在个人社交平台上更新，九张图加上自己的见闻，除了进山没有网络的特殊情况，基本保持一百八十天无间断更新。

对于擅长运动的姚舜来说，旅行不怕体力不支，但也常常遇到危险。比如冲浪有一次差点上不了岸，在土耳其的时候一不小心中了当地人的圈套，甚至被“追杀”。他笑着感叹，去的地方多了，经历得也多了，他由衷感到——活着真好。

还有一次，姚舜差点因为签证问题被遣返回国，过程无比曲折，好在最后只是虚惊一场。姚舜在坐火车去罗马的旅途中，一共入境欧洲二十来个国家，其中偏偏有个克罗地亚不是申根国。只办了单次申根签证的姚舜，因为一些意外状况阴差阳错地被克罗地亚海关“放了进去”。“海关其实不应该把我放进去，因为把我放进去之后我就是变成黑户了。”姚舜只有两个选择，要么直接飞回国，要么在克罗地亚再办申根签证，重新进入申根国家。但是万万没想到，在其他国家，中国护照办申根签证难如登天。姚舜的原话是，“我当时在克罗地亚的意大利使馆，求了签证官三四天，天天在那儿耗着。”姚舜实在不想让自己的旅行半途而废，也心疼直接飞回去的机票钱和后面规划好的行程，硬着头皮又求了一次。可能是心诚则灵，签证官竟然同意让他递交之前办申根的材料，发给意大利驻上海总领事馆重新审核，如果通过就给他发一张新的申根签证，当时“真的有种网开一面的感觉”。最后的结果是：“我刚给了他材料，两个小时之后他就给了我一张申根签证，真的特别开心。”

小有名气之后，开始有旅行社、旅游产品机构的合作找上门来——从产品体验到产品传播，甚至还有创立产品线、带团队的邀约，在别人眼里这是绝好的机会，可最后他只选择了力所能及的部分。“不是我不想，这些机会我也知道很好，它们可能是做乘法，如果做好了，会成功得很快。然而我更清楚，我需要做加法——做加法永远不会亏，我知道自己在做什么，会收获什么。但如果贸然去做乘法，很容易乘到一个零。”

虽然坚持分享自己的旅行见闻，但姚舜并不提倡每个年轻人都“说走就走”冲动地去旅行，他更希望通过自己的分享，让更多的人增加对世界的好奇心，用自己的眼睛去看世间的风景，探索生活的意义。

“随着时代的发展，旅行的意义早已超过我所说的个人成长以及自我意愿的达成。原因是，不旅行的危害越来越明显。从旅行者之外的角度看，旅行者未免孤独，因为他们疏远了社会，但是被他们疏远了的社会又是什么样子呢？——越来越僵硬、冷漠、自私。反倒是踏遍万水千山的脚步、看遍世间万象的眼睛保留着对人类生态的整体了解，也保留了足够的体察和同情心。他们成了冷漠社会中窜动的一股暖流，一种宏观的公平。这就使得现代旅行者比古代旅行者更具有担负重任的情怀。旅行，成了克服现代自闭症的一个出口。如果我们从旅行中带回来的不是一些纪念品，不是一堆自拍照，而是一系列细微的、不显著但能丰富人生的想法，我想这样的旅行会更加有意义。”

这个正四处浪游的少年，其实比很多人都更清楚自己想要什么，也比很多人更清楚如何去创造向往的生活。虽然做自己本来就是天底下最难的事，但他正不急不慢地走在探索的路上，脚下有风，眼中有光。

“总之，我现在走得最舒服。”他说。

4

孙　晓：贫民窟“造梦”之旅

与孩子们在一起的最后一天，孙晓给高年级的孩子上了一堂中文课，
并教他们唱《茉莉花》

孙晓，从某种程度来说，是个极其幸运的人。

在这个充斥着欲望的复杂世界里，我们在追求的同时，极容易丢失自己天真简单的一面，幸运的是，她一边追随着这个世界的大流，一边在心里永远为那个不愿长大的小孩留足了空间。

她的内心极其简单，只要事情有趣，就径直朝那个方向冲去，毫不顾忌他人的目光，也不担忧事情的发展方向。但另一面，内心却又极其敏感，对世界保持怀疑，敏锐地感知和思考周遭的一切，高度清醒，从不盲从。

更重要的是，孙晓勇于把想法变成实际行动，而不是束之高阁。从更换专业到远赴肯尼亚的贫民窟建学校，她始终追随自己的兴趣，抑或说忠于自己的内心。

与众多入围中国间隔年计划的年轻人相比，孙晓极其不同地把所得的三万元奖金全部用于建学校。而且，她并没有休学一年去完成传统意义的间隔年，而是选择了另一种更宽泛的间隔方式，寒暑假之余，也投入了自己的零碎时间。

从小一直被熟人形容为“傻乎乎的可爱”，而一言一行却总能让人感受到她的聪慧与理智，将这看似矛盾的两个标签集于一身，或许是孙晓最真实的地方。

陌生的贫民窟

作为肯尼亚的首都，内罗毕是非洲最大、最现代化的城市之一，联合国在非洲的办事处也设于此，素有“东非小巴黎”的美誉，国际化程度非常高。然而，内罗毕却存在着严重的贫富差距，两百五十余万人面临着生存危机。

马萨雷（Mathare，内罗毕的第二大贫民窟），这个听起来有点陌生的地方，对孙晓来说是如此的鲜活和立体。

在这个只有三平方公里的土地上，蜗居着近七十万人。这七十万人中，有三分之一的居民是艾滋病病毒携带者，绝大多数人患有疟疾、霍乱、伤寒等疾病。这里的房屋都是由废旧的铁皮搭建而成，房屋内没水没电，街道因为生活垃圾和动物排泄物的堆积而散发着令人作呕的恶臭。

即使对于个体最低生存限度的想象，也远远好于孙晓眼前所看到的景象。“贫民窟”这个词源自英文“Slum”，其定义非常模糊，单从物理环境角度来说，是指让人感到拥挤、肮脏、无序和贫穷的地区。

内罗毕贫民窟的形成，有着错综复杂的原因。比如，殖民时期的种族隔离政策，独立后的项目改造失误，模糊不清的土地产权，特权阶级的冷漠以及肯尼亚政府与国际机构互不信任的情绪等。从某种程度上说，当城市聚集了过多的资源后，会吸引众多人口涌入，此时如果资源公平分配的速度赶不上人口聚集的速度，就会出现贫民窟或类似城中村的现象。

对于贫民窟及其带来的问题，连拥有雄厚资金的联合国都不愿管，甚至本国政府都不愿理会，那么单凭个体力量试图去改善，是不是自不量力呢？

然而，就是面对这个看似不可能的问题，一群大学生给出了自己的行动。2015年孙晓和她所在的团队“造梦公益组织”（Dream Building Service Association，简称DBSA）飞越九千多公里来到陌生的马萨雷贫民窟，为解决贫民窟问题，开始了第一步尝试——通过众筹，为他们重建一所小学。这也是一年前“造梦公益组织”和当地Ebenezer Kim日托小学的美好约定：“一百四十六名小天使拥挤在逼仄的铁皮教室内，仅有的三名教师承担着全部教学任务。我们答应天使们，这个夏天，他们将拥有新学校。”

这也是孙晓间隔计划的目的，不仅为自己“造梦”，更是为贫民窟的孩子们造就实现他们梦想的学校。

造　梦

2015年3月，“造梦公益组织”在加拿大注册成立，3月下旬他们就发布了招募志愿者去肯尼亚建造小学的信息。

这是一个完全由一群热血沸腾的大学生和海外留学生共同成立的非营利性公益组织。而这个组织的前身，是一年前五个大学生自发到马萨雷贫民窟发起的“贫民窟造梦计划”。一年后，为了让爱心更有力量并传递下去，他们注册了“造梦公益组织”——一个以“贫民窟教育项目”为主的国际公益组织。

2015 年 4 月，孙晓刚刚接到保送暨南大学新闻传播学研究生的通知，而面对自己即将结束的本科生涯，她有一个单纯的念头：“我一定要去一个从没去过的地方，做一件从没做过的事情。”就是抱着这个简单到莫名其妙的想法，孙晓开始不停地在网上搜索相关信息。也许是冥冥之中注定的缘分，通过朋友的推荐，她认识了当时“造梦公益组织”的总负责人阴斌斌，知道了有这样一群和她年纪相仿的人，正在做一件有趣又有意义的事情，而肯尼亚也是她从未去过的异国他乡。“我当时也没想太多，就是觉得对这件事情很感兴趣，只有感兴趣的事情我才会去做。”

于是，孙晓毫不犹豫做出了选择，去肯尼亚做一名建校志愿者，而肯尼亚对她到底意味着什么，她并没有太多想象，或者说她的想象远没有现实这般惊心动魄。

除了贫穷、饥饿和艾滋病的折磨，马萨雷还面临着腐败、犯罪和恐怖活动等大量社会问题。偷抢横行，暴力肆虐，还有大量来自索马里的难民寄居于此，索马里恐怖分子也混迹其中。大量因无力承担学费而失去受教育机会的孩子以及无人抚养的孤儿，为了生存，从小学习偷抢，乞讨，委命于大街，最终沦为罪犯。

孙晓，一个女孩，甘愿冒险去这样的地方，还试图建一所学校，怪不得周围的人说“这个人做事还是傻乎乎的”。但准确来说，应该是不曾算计，是彻头彻尾的理想主义，而这种理想主义又总是与生活格格不入。

反对的声音不仅来自于身边的朋友，作为家里的独生子女，更坚决的反对源于父母，而这样的质疑和反对每个人都可能面临。“他们宁愿花钱让我去欧洲玩，而不是去非洲的贫民窟。”对此孙晓觉得完全不需要说服他们，只要你坚持就好，只要你清楚这是自己真正想做的事情，你坚持了，他们最终会尊重你。

在传统观念中，父母向来是不可挑战的权威，从来轮不上子女去“教育”父母。但换个角度来说，父母的态度也并非不可改变，但这需要极其大的勇气，或者至少是要去尝试，孙晓对待父母的方式也是不走寻常路。

谈起自己的父母，孙晓是又爱又恨。“在他们看来，我就是个平凡的小孩，对我向来缺乏信心，从小到大就是打击式教育，我做什么他们都会说不行。可他们越说不行，我就偏要去做，还要把它做好。”上大学之前，孙晓基本是一种赌气式的成长，但是父母的良苦用心她也开始慢慢理解：“我就问为什么你们老是给我负能量，父亲给了她一个无法反驳的理由，说连父母的打击都承受不了，到了社会上怎么办呢？后来我想想也是。也许是从小被他们打击惯了，现在抗打击能力才能这么强，变得很自信，凡事都会往好处想。”

即使到现在，孙晓还是常常被父母打击。“比如我出国念研究生，他们会觉得我的这个学校也不过是中等学校，就是想骗中国留学生的钱。所以，我必须做个意志坚强的人，不然很容易被身边的人说垮，而父母的打击的确锻炼了我，也是因为他们，我才能成为一个不容易被影响的人。”孙晓认为父母是希望通过打击式教育掌控她，没想到越想掌控，她越是有主见，也越自信。

孙晓带着独特个性来到肯尼亚，她的与众不同尤其表现在她勇于深入贫民窟，毫无顾忌或害怕，这种尝试看起来似乎没什么了不起，但就其当时所处的环境而言，这是极难迈出的一步。

当时，“造梦公益组织”在市区边上相对安全的地方租了一所大房子，每天早上 8 点左右，孙晓和其他志愿者吃完早饭，会搭乘租来的面包车前往马萨雷贫民窟开始新一天的工作。中午时分，她和其他志愿者结伴去贫民窟仅有的一两家餐馆进餐，有时候请来的保安也会陪伴左右，对于难以下咽的食物也慢慢习以为常。每天太阳下山之前，一般是五六点左右，孙晓必须赶回租住的地方，不敢在贫民窟逗留。

为什么不住在贫民窟？按道理说，接近他们才可以更好地了解他们的问题，才能赢得他们的信任，而事实并非如此。黑暗笼罩下的贫民窟是犯罪滋生的温床，那些白天因为有所顾忌而隐藏的欲望和贪婪，在晚上会变得肆无忌惮。所以除了环境恶劣，整个团队的人身安全都无法得到保证，而这个风险是难以估量的。

贫穷淳朴的地方可感受其美好，贫穷罪恶的地方只会让人心惊胆战。

在这个地方，手机常常因各种原因丢失，甚至发生过六天丢失四部手机的情况，或被抢，或被偷。“就算你是来帮助他们的，他们也会觉得你是有利可图的，这个地方不仅物质匮乏，思想也很贫穷，你所有值钱的东西，他们都想拿走。”有了这样的教训，志愿者们一般都会把智能手机留在住所，只带能通话的老式手机去贫民窟。手机都不敢带，更不要说摄像机等昂贵设备，所以当时拍摄的素材也很有限。

孙晓也有过一次手机引发的惊险经历。

当时是中午，孙晓正和朋友在贫民窟的一个小餐馆吃饭，突然进来两个全副武装的警察，他们长得很高，很黑，很壮，看到孙晓是华人，觉得她身上肯定有智能手机，就直接向她索要。

“我当时第一反应是拒绝，但怎么也想不到，那两个当地警察竟然拿枪指着我，是那种很长的枪，我当时真有点怕。”

第一次遇到警察在白天公然敲诈，她惊慌失措，不知如何是好。幸亏当时不是她一个人。“我个人比较喜欢交朋友，当时就结交了当地的一个小伙伴，现在还通过脸书保持联系，彼此互相点赞，那时就是他帮了我。”

他见孙晓被威胁，两个警察拿走了她的智能手机，还扬言要把她带到警察局，就急中生智把孙晓关进厕所，说让他去谈判。

“我觉得那个朋友特别勇敢，我很感动，在他们那个地方，越是贫穷，做官的越会作威作福，他却能挺身而出。”

后来，为了不让问题变得严重，也为了保护自己和朋友，孙晓就让朋友跟警察说可以用钱解决问题。最后花了相当于人民币五十元把手机赎了回来，事情就结束了，孙晓也不需要再去警察局。

回忆起这个场景，孙晓依然清楚记得那两个警察的神态：“明明就是希望我用钱去贿赂他们，还表现出一种不愿接受钱、公事公办、正义凛然的样子。”

贿赂不仅是贫民窟存在的问题，也是肯尼亚整个国家当前面临的严重问题。“在这个国家，贿赂就像送见面礼一样正常。”孙晓曾遇到一个在城区工作的工程师，家境虽然贫苦，但通过国家贷款完成了大学学业，现在却只能住在贫民窟。他告诉孙晓：“像我这样出身太差的，即使大学毕业，在城里也不可能找到好工作，因为需要贿赂，而我的钱都还贷款了，所以只能住在贫民窟。”

贿赂也仅仅是贫民窟众多问题中的冰山一角。还有一些当地人说:“贫民窟那种地方，前一两年几乎每天都有人死在街头，没有人去管，那些尸体就直直地横在街头。”人命在这样的地方，变得一钱不值，杀人甚至是一件稀松平常的事情。出于安全考虑，团队特意请了一个当地人做保安，而那个保安也大有来头，以前是在当地混黑帮、走江湖的，说不定也曾是个杀手。

在这样的环境下，团队中大部分人接触到的是支教学校的学生、老师、建筑工人和包工头，而孙晓却能深入贫民窟，并认识了一大群当地的伙伴。在参与项目的十几个志愿者中，能做到的也只有她。

谈起对当地的印象，让孙晓感受最深的，并不是那些严重的社会问题，而是街头每一个好像生来就能踩着节拍跳跳唱唱的身影。无论大人或小孩，好像生来就有艺术天赋。“我常常问他们，你们连饭都吃不饱，没钱买衣服，为什么还能天天在这里唱歌跳舞，还表演喜剧？他们说，就是喜欢跳、喜欢唱啊，无忧无虑地唱着跳着。对他们来说，这一切就是自然而然发生的，音乐在血液里自然而然地流淌。”

后来，孙晓就是通过跳舞消除了与当地人的隔阂。

那时候，“造梦公益组织”想举办一次贫民窟达人秀活动，想为那些热衷于唱歌跳舞的当地人提供一个展示才艺的平台。为了动员当地人参与进来，孙晓和其他志愿者深入贫民窟社区，寻找那些有表演天赋的人，并一一进行登记。

“当时我就像个星探。”孙晓笑着说。经当地人介绍，她找到一个组织，这里聚集了很多有才艺的人。孙晓走进这个神秘的地方，“感觉他们都特别开心，房间里放着不知从哪里抱来的旧音响，我就很自然地，一点也不害羞，问他们谁想报名，说我们这边有个才艺秀，可以展示你自己。”现场就有很多人报了名。

伴着音乐，房子里热闹起来，一群人开始跳舞，孙晓也自然而然地加入其中。“我就是一个自来熟，没什么戒备，想一起跳，就跳起来了。”与孙晓一起的另一个志愿者就比较害羞，不敢跳，只是在旁边看，还给孙晓录了一个视频，而这个珍贵的视频一直保存在孙晓的手机里。

通过这次跳舞，孙晓认识了一大群当地人，其中有一个叫利昂的年轻小伙子和她特别要好。“他才十八九岁，头发染了橘黄色，头上还有一小撮，看起来圆圆的，身材高瘦。”后来这个年轻人带着孙晓挨家挨户去寻找其他能表演才艺的人。“我们当时找到一些漂亮又会跳舞的女孩子，还有一些专门在贫民窟表演的人，他们表演非洲舞蹈和喜剧，会定期演出。”

经由这个年轻人的介绍，孙晓又认识了一些新伙伴。当时天色已晚，这群新认识的小伙伴主动要送她们回去。“他们很厉害，我就指了一个方向，说那里有个学校，你们能看到吗？就在山头那边，他们就抄近路把我们送回去了。”更让孙晓动容的是，在回去的路上，他们一起陪着她走，见人就去握手，还把她介绍给这这些人说：“晓是我们的朋友。”

“晓是我们的朋友”，这简单的一句话，说明在他们内心已经开始接纳孙晓，这也是彼此信任的第一步。随后孙晓还带他们参观了正在建设的新校舍。“我感觉他们都惊呆了，觉得很不可思议，我怎么带了这么一大帮子当地人过来。”

能和当地人成为朋友，除了孙晓从小就跳国标舞、有良好的舞蹈功底之外，更重要的是孙晓的个性。“我一直渴望与这个世界有更深入的交流”，也许正是这种开放的心态让孙晓可以放下成见，能更平等地看待贫民窟的一切。

达人秀活动当天，当地人参与的热情程度也完全超出了孙晓和她的团队的想象，将近两千多人来到活动现场，表演嘉宾达两百多人，从上午10点持续至晚上7点，有些热爱总能让人忘记现实的痛苦，这些美好的坚持对于贫民窟的人又何尝不是一种希望。

我的历程

目前孙晓正在美国波士顿大学攻读国际关系专业的硕士学位，她选择在异国求学，除了纯粹出于个人兴趣，背后还有很多故事。

三年前，本科读汉语言文学专业的孙晓，被保送到了暨南大学新闻传播系攻读研究生。研一时，她参加了暨南大学与美国波士顿大学新闻学院的交流项目。“我发现美国的新闻学院与政治相关，会涉及人权、种族等问题，有助于培养新闻传播的专业性，也能接触到国际关系方面的内容。”

另外，也是出于对西方教育方式的偏爱，当时快读研二的孙晓，决定放弃暨南大学的新闻传播学硕士，前往美国波士顿大学读书。

“在学习过程中，我发现新闻传播专业更偏实践性，专业性相对没那么强。我希望自己对这个世界有更深刻的认识，或者至少在某个领域有比较深刻的认识，感觉这样才能写出好东西，于是我的研究方向转向了国际关系。”

毅然改变专业，除了出于个人兴趣的考量，也和孙晓当初在贫民窟的经历有关。“当时我们在贫民窟想做一些田野调查，去走访一些学生的家庭，将收集的数据形成一篇调查报告。现在回想起来，那时写得实在太不专业了。尤其在学了统计和田野调查相关领域的专业知识之后，觉得自己必须要深入学习。”

从本科的汉语言文学跨越到暨南大学的新闻传播硕士，再转到波士顿大学的国际关系专业，每一次转变，孙晓都显得如此轻松，如此简单，想到了就去做，没有任何犹豫，也不受任何其他因素影响。

这是慢慢培养起来的，刚开始也很困难，就像当初选专业的时候。“其实每次选专业妈妈都不太同意，她本身从事经济、金融领域的工作，所以也想让我学会计。但大学我还是坚持选了文学专业，其实也没觉得非要学这个专业，当时就是想放松一下，觉得文学是能让我放松的东西。”

虽然大学期间父母曾劝她换专业，但孙晓并没有动摇。“一般感兴趣的我就会去做，我是兴趣导向型的，一般人很难阻止。要坚持做自己想做的事情，就必须认定自己是对的，因为如果无法说服自己，你就不会去做。一旦我决定好的事情，就会一直往前走。”

孙晓从来没有为自己选择文学而后悔过。“因为我是真的喜欢文学和哲学，尤其喜欢写诗，记得参加学校的‘三行情书’比赛还获过奖。”但是大学同学都不知道孙晓是个喜欢写诗的人，因为当时她还是学校演讲社的社长。“大家会觉得像我这种参加演讲社的人，该是很肤浅很浮夸，喜欢讲一些假、大、空的东西，不会是那种内心有一些隐秘情怀、心思细腻敏感的人。”

谈到诗词，孙晓按捺不住自己的兴奋，说她尤其喜欢《古诗十九首·行行重行行》中的“思君令人老，岁月忽已晚。弃捐勿复道，努力加餐饭”，说这不就是在说她自己吗？还有冯延巳的《南乡子·细雨湿流光》，读来也是妙不可言。

除了诗词，孙晓读本科时喜欢读各种各样的书，她提到自己最喜欢的一本是阎连科的《年月日》，其开篇写道：“千古旱天那一年，岁月被烤成灰烬，用手一捻，日子便火炭一样粘在手上烧心。一串串的太阳，不见尽止地悬在头顶。”孙晓随口背了出来。

孙晓说：“文学阅读，是我人生中最快乐的时光，也许谈不上对人格有什么影响，但对于美感的养成起了很大作用。”

在由功利主义和成功学主导的社会，我们总是希望在有限的生命中获取更多，所以看待事物的眼光越来越短浅，更关注事物的实用性，更关心当下是否“有用”。近些年，越来越多的人奔向会计、经济、工商管理等看似“有用”的专业，而像文史哲等“无用”专业则变得越来越冷门。像孙晓这样，因兴趣而主动选择文学的人越来越少，但从她的成长经历看，正是这门看似“无用”的学科在某种程度让她的心灵更自由，性灵亦得到滋养。

现在的孙晓自信于自己的每一个选择，随性生长，无拘无束。而在这些背后，她也是经历了一番转变。

高中之前，孙晓说自己其实是一个害羞、沉默的学生，特别胆小，特别从众，父母说什么都会听，现在说出来可能都没人相信。

高一时，因母亲工作调动，孙晓要从长沙转到北京去上学，这给她带来了极大的刺激。“我一直以为我说的就是普通话，但北京人说是方言，诸如此类，很多之前自认为理所当然的事突然被打破。打破了就得重新建立一套行为准则，没办法，就得变得坚强一点。”

除了语言，在新地方极容易被孤立，尤其对于孙晓这种不太活跃的性格，但她学习成绩还不错，这也容易受到同学的质疑和排挤。

“我记得当时和同寝室的同学本来关系不错，突然那两个朋友就不理我了。我问她们为什么，她们说是因为其他朋友不希望她们跟我这个新同学玩，所以有种被排挤的感觉。”

越是被排挤，孙晓越叛逆。“我觉得应该证明自己是对的。”这种叛逆也体现在她不怕挑战权威：“比如，我觉得同学或老师是错的，就会在课堂上当面提出；比如，某个答案，就算老师定了，如果我感觉逻辑上不通，也会提出质疑。”

正是这样的经历，让孙晓在很多方面凭着一种批判精神赢得了尊重，而不是处处从众，这也是促成她性格转变的原因之一。

当谈到对自己的看法时，她说自己是个很懒的人。“我的朋友可能认为我比较认真，比较喜欢社交，就是一个自来熟，挺会说。”“我认为自己很懒，在家里非常懒，会直接瘫倒在地上，出门时才会收拾自己。我家里还有很多柴犬的服装，但在外面我从来不这么穿，感觉特别像小孩。”孙晓用日本动漫《干物妹！小埋》中的小埋来形容自己在家时的状态，在外面光鲜亮丽，非常优秀，回到家则好吃懒做，什么都不愿意干。

这也是孙晓有趣的一面，她完全是率性而为，并不强迫自己，重要的是做喜欢的事情。

圆　梦

2015年8月25日，长青造梦小学举行了落成典礼。

整个贫民窟建校项目从4月份开始筹备，包括招募志愿者、建筑设计、调研、筹款、志愿者培训、项目实施，时间跨度约为五个月，学校实际建造只用了四十五天。这看似短暂的四十五天，凝聚了“造梦公益组织”整个团队的全部努力和坚持。

实施过程中也遇到了很多问题，比如当地偷盗猖獗，购买的材料经常被偷；大部分工人不懂英语，包工头也只懂极少的英语，沟通很困难；由于只能在当地招募工人，但他们看不懂图纸、缺乏基本的建筑知识，不知如何规范施工，需要志愿者随时在现场监工；还有包工头临时漫天要价，工人散漫不愿工作导致工期延误等。这些都是前期没有考虑到的问题，但这些志愿者还是想尽办法，在一个多月的时间里建好了学校，连当地人也对他们佩服不已。

这其中凝聚了志愿者太多的心血和智慧。

在建筑材料上，他们创造性地使用了当地美观又便宜的竹子。除了材料的考量，团队还做了很多可持续性设计。比如，因为当地缺水，他们特别设计了蝴蝶屋顶，用来收集、过滤雨水，以供日常生活；回收浇水泥的模板，做成室内橱柜等。学校除了教室，还设计了多功能活动室，课余时间供学生玩耍休息，也可用作阶梯教室，周末还可成为周围社区的活动中心，这在肯尼亚也很少见。此外，志愿者还说服了内罗毕的艺术家，请他们免费为学生上艺术课。

当然，这群大学生也面临着很多质疑，比如，这样援建学校真的有用吗？

对此孙晓也提出了自己的看法："援建一所学校的确不能改变贫民窟的教育状况，毕竟是杯水车薪，但至少能在硬件设施上创造一些实质性的东西，改变部分学生的教育环境。可怕的不是贫穷，而是贫穷造成的短见，这也是贫民窟居民走出来的最大障碍。这些短见需要用教育去改变，至少我们的方向是正确的。"

除此之外，做志愿者时，孙晓还看到了其他的一些问题。"当时有一些公益组织做直接资助，我觉得这样做太肤浅、太浮于表面，单纯输血而不能帮助其造血，只能解决一时的困难，不能解决根本问题，且容易让他们形成依赖。在肯尼亚，很多公益项目都是这样，整体上缺乏规划和思考，不能持续。”

做慈善，最坏的做法就是当“搬运工”，把钱直接送给穷人。早在一百多年前，美国慈善家卡耐基就说过这样的话，他说当今富人的罪恶不在于他们吝啬，而是滥行布施。公益机构扶贫，如果只是撒钱，而不能提高受助者的生存能力，无法激发其参与的动力，其结果只是唤起人的贪欲、人性之恶，那这绝对不是为善。

所以，公益的最终目的，还是帮助当地人如何自我充权、如何强壮起来面对各种问题，这是解决贫民窟问题的根本，也是“造梦公益组织”需要扮演的角色。

三年前的筹建学校，仅仅是“造梦公益组织”团队的初期项目和第一小步。如今，免费午餐计划、职业培训、贫民窟达人秀、贫民窟梦想画展和贫民窟足球联赛等项目在“造梦公益组织”团队中逐步运营起来，并不断改善，团队的规模也在不断扩大，但他们一直坚持“用心做公益，做实质性的公益”的理念。

现在真心做公益的年轻人并不多，很多人只是为了在简历上增加一两笔海外做公益的经历，很多人就只待一两个月，也不会真正关注当地的事情，完全是为了获取优越感。

当然也不是所有人都这样，也有很多人真心想做一些事情，就像当初的组织者，他们始终踏实地走在这条路上，即使会遇到很多困难，也会一直坚持下去。

孙晓自己也一直留在这个团队，完成建校项目的志愿者任务之后，她主动加入“造梦公益组织”的行政部门，从项目志愿者变成了宣传总监，由项目参与者变成了规划者，在“造梦公益组织”团队工作已将近两年。

在迷茫中前行

大学期间，很多人都会有一段迷茫期，在寻找自我价值和人生意义的时候不知所措。孙晓也有过同样的经历。在大学二年级时，她也曾徘徊过，苦恼过。“整整一年我都不知道自己要什么，因为很多东西都没确定，这也想做，那也想做，而且会听到外界很多不同的意见，对于自己的一些想法，无法做出真正的取舍。”

后来孙晓的写作老师点醒了她，他说“年轻人本来就是在迷茫中行走”。

孙晓逐渐改变了对于迷茫的认知，开始明白这是很正常的事，徘徊也是很正常的事，人需要不断打破自己的认知框架，不断打破旧的价值体系，重建价值观。这本身就是成长。只是在旧的东西被打破，新的还未建立时，就容易迷茫。

现在的孙晓，没有太多执着，保持着一种放松的心态，更关注如何把每个阶段的事情做好，更相信“谋事在人，成事在天”。“只要我尽力了，一切就交给上天吧，可能会失望，但是我这个人调整能力太强了，没什么好消极的。”

对于自己的间隔年计划，其实她并非刻意为之，当时的出发点是希望可以为贫民窟的项目筹集更多资金，才把这两个项目结合在一起。

她也从这次去贫民窟的经历中获得了成长。“我觉得人得不断跳出思维的圈子。假如我没去肯尼亚，就永远不知道它是什么样子，也不会了解贫民窟，只知道那是非洲的一个地方，很容易把这个地方概念化。实际上，这个地方虽然穷，但也有自己独特的生活状态，这也是世界的多面性之一。跳出去，亲身去经历这一切，视野才会更宽广，思维才不会那么单一。”

就像后来孙晓在美国求学时所体会到的，其实，很多美国人也是在按部就班地生活，他们选择间隔并非都有什么重大意义，也许只是单纯为了学费工作一段时间，或者暂时不想读书，就找了相关的行业去实践。并非都要去冒险，间隔的形式其实多种多样。

对于间隔年，孙晓认为，就是给自己一个机会去体验这个世界，去好好放松，认识自己，放开所有的精神枷锁，真正去做一些想做的事情。“二十一岁时我就想，要去做一些我今后没机会做的事情，才算不负此生。”

肯尼亚的马萨雷贫民窟，也许一辈子你都不会去的一个地方，一个被上帝遗忘的角落，孙晓在这里认识了一群人，还为在这里修建一所学校而努力过。

李　丹：用一颗匠心做守护自然的“现代农夫”

2017 年 10 月，李丹在内蒙古参加“情意自然高阶营”，她在玛尼石堆前祈祷许愿，希望自己对自然永存敬畏感激之心

李丹是中国间隔年计划第二期入选的学员之一，她的间隔年比较起来显得特立独行——她选择了远离城市，回归山野，过上了农居生活，而她却在乡村生活中获得了最大的快乐。

从 2016 年 7 月初到 2017 年 1 月底，间隔年的半年，立志探索、推广自然教育的她，走访了国内十余个自然村落、有机农场和自然社区，像海绵一样大量吸收前辈们的知识和经验，脚踏实地地实践着自己的自然之旅。她去有机农场徒步，干农活来换取食宿，了解不用农药化肥的有机蔬菜是怎样一颗颗种出来的；她去寺庙参加禅修、做义工，从日复一日的劳动中汲取能量，关照自己的不足，完善自身；她也积极地“输出”，组织多次自然体验活动，面向六百人做演讲，分享自己从大自然中收获的智慧与喜悦。她的间隔年之旅，不是向外的冒险，而是向内的探索，是回归自然、回归自我的一次旅程，于平凡点滴中发现不凡的美学与生命力，也是回答“我应该如何获得快乐而理想的生活”的一次用心探寻。

李丹一直很喜欢这样一句话：“那些能感受大地之美的人，将从中获得生命的力量，直到生命的尽头。”她觉得，自然从来不是小众的事情，而她的责任，就是让更多人与自然联结。

城市姑娘爱上了乡土自然

让身为城市姑娘的李丹做出“下乡”决定的，竟是一个土豆。

2015 年的大二暑假，一次偶然的机会，李丹去一个偏远的小村落做义工，跟相识不久的几位朋友一起去地里种土豆。那是城市长大的她有生以来第一次种土豆，才发现“土豆原来是这样种的”。种土豆这件看似最稀松平常的事，却蕴含着她之前意想不到的智慧：“光扔土豆不行，你还要松土、施肥、浇水。”李丹这才发现，自己对于人类如此依赖的大自然竟然一无所知，但这种了解又如此趣味盎然。“以前大家爱说一句话，乡下人到城里——没见过大世面。但我发现，城里人到乡下，也是一样，啥都不懂。那时候我就发现，土地、自然、农民有很多的智慧，很有趣，也很好玩。那种有趣就是每当你置身其中，都会感到喜悦。因为喜欢，所以一有机会就去关注、了解，就像最开始都是一个个的点，积累多了，慢慢就成了面。”

这次做义工的经历，让她第一次真正了解了生态种植。她说：“在那里，我感受到了亲近泥土的快乐。”或许正是这份快乐，唤醒了她内心一直以来对于自然的浓厚兴趣。其实所谓的乡村，离城市也就几个小时车程，但是绝大部分人可能从没想过，去看看那片为他们提供食物的土地是什么样子。在他们的想象中，那不过是“面朝黄土背朝天”，比起灯红酒绿的城市生活，未免太无聊了些，跟自己也没什么关系。

李丹开始关注与自然教育相关的资料，在一次阅读中，她了解到“自然缺失症”，人们与大自然亲密接触的时间越来越少，结果导致许多身心问题。“其实自然从来没有离开过我们，我们呼吸的空气、吃的食物，都是自然的一部分。但现在一说到食物，我们更多是从商家那里去认识它，很难知道食物生产背后的真相——食物是如何从泥土里走上餐桌的。如果不了解食物是多么来之不易，我们会对生产者极其苛刻，追求物美价廉的食物，随之而来的会是更为严重的食物安全问题……”她想用近在咫尺却又总被我们忽略的资源——身边的乡土自然，去治愈大家的“自然缺失症”。

2016年春，行动力超强的她联合一位同伴一起创立了公众号“自然好村落”，旨在鼓励年轻人亲近大自然，积极推动自然教育的发展。用她自己的话来说，“当时也没去想做这件事要投入多少精力与时间，就是想做。”李丹希望“自然好村落”能作为一个窗口，为年轻人创造更多亲近乡土自然的可能性，向大自然学习，了解农耕的不易，食物的生产过程。“自然好村落”是一个线上平台，以“推文”形式分享国内各种自然乡土活动；也是一个公益性组织，李丹亲自发起一些帮助大家体验和融入自然的活动，如带着小伙伴到广州生态农场开启寻耕静心之旅，让更多人在实践中逐渐认识大自然。接着，“自然好村落”又发起了打工换宿的“野人计划”，李丹和小伙伴联系了一系列生态农场、自然教育组织、乡村客栈和乡村民宿，参与者们通过劳动换取在这些地方的食宿。打工的内容可能是下地劳作，可能是包装农产品，可能是跟着某位农场的主人学习耕种知识……通过实实在在的体验，许多来自城市的年轻人改变了对乡村、对农场的刻板印象，真正领略到了大自然的魅力。

在李丹看来，这些尝试是一种联结——“联结人类与自然万物（包括食物），联结不同地域的城里人与村民，联结城市与乡村，在联结的过程中，思考，重构认识。”

而这种人与自然的联结，也是李丹在间隔年中探索自我、探索自然与探索世界的重要部分。2016年年底，她在广东清远参加了一个三十公里的徒步。在山里走得气喘吁吁的她，听到师兄分享了这么一句话：“《道德经》中谈到空，世界即是虚空，万物皆为一体。我们眼前的水、泥土、森林都是我们生命的一部分，我们彼此联系。”道理虽然早就听过，但在自然中徒步，置身山野，再一次听到虫鸣鸟叫与溪水淙淙，李丹忽然产生了更鲜活和真实的感受——“我想到我不再只是我的身体，小溪也是我，树林也是我，它们是我生命的一部分；我不仅关注自己心跳加速的心脏，还关注世界。世界就是我，我就是世界。”

山间清风明月，脚下泥土野花，眼前自然万物，都因用充满爱的眼光去看而变得可爱、活泼起来。学着去热爱自然，也是学会如何更好地爱他人和自己。因为每个人都生活在自然的生命圈里，每个人赖以生存的食物、空气和水都是从自然中获得的，而心怀热爱、认真思考如何更好地与自然万物相处，其实也就是思考如何善待我们每个人的生命。对李丹来说，这是一份脚踏实地、通过两年实践累积起来的热爱，通过间隔年，自然已逐渐成为她生活的一部分。

如果这是生命的最后一天

2016 年初夏，读广告专业的李丹大三即将结束。她偶然在微信上看到中国间隔年计划的招募，有些心动，想到大四是实习期，一来有时间，二来间隔年计划还能提供资金与导师，何不试试呢？刚好那几天，她又参加了一个关于如何面对死亡的体验活动，要求每个参与者给生前的自己写一封信。李丹说，她一个字都没写，但那段静默的空白时间让她思考了很多。作为一个一直以来奉行想到什么就去做的人，李丹当时就想：既然眼前有了想做的事情，那就去做吧。如果想参加间隔年，那至少给自己一次尝试的机会。

她很快就开始申请参加间隔年计划，并把自己的间隔年主题定为“自然之旅”，希望用半年时间探访投身于乡土自然领域的人、事、物，用文字和图片记录关于生态农场的故事。因为之前已经做了很多关于自然教育的事情，再加上运营“自然好村落”的经历，她的计划书既言之有物，又有很强的实践性，李丹很快从几百人的申请者中脱颖而出，成为间隔年奖学金的获得者之一。她的间隔年也在那个夏天正式开始。

“为什么你的间隔年计划是走访国内的生态农场、社区并记录分享呢？”当被问及这个问题时，李丹说：“在大二那年，我通过所在社团了解到广州‘一起开工社区’及其创始人阿莱走访全球社会创新组织的故事，觉得非常有意思。因为我本身喜欢乡土自然，所以随即想到，为什么不去走访国内的一些生态农场和社区，把故事分享给更多人呢？因为当时对于自然探索已经有了一些积累，所以撰写计划书非常顺利，没想到能进入复试，后面就都是顺其自然的事情了。”

没过多久，间隔年第一个小插曲来了。她得到一个去北京某互联网创业公司实习的机会，该公司专注于素食文化，同时引申到生态农业，李丹在面试时就很喜欢这家企业的文化。虽然跟自己一开始的间隔年计划不太一样，但她还是准备抓住这个实习机会，开始“北漂”。没想到临走前的两天，朋友的一句话，让她的决定来了个一百八十度大转弯。

朋友问她，你到底想做什么？间隔年这么宝贵的机会，每一天都要当成最后一天来过。

李丹想了一晚上，想明白了：“虽然想去这家公司学习，但我更想通过做点什么去影响更多的人。对我来说，这个‘做点什么’就是食物教育与自然教育。所以这也是接下来我的间隔年要坚持的方向。”实习是个宝贵的机会，但她还想学习更多，做更多。

而她也的确在尽己所能地探索。在运营“自然好村落”公众号的同时，又开始做自己的电台，想把每一次探访自然社区和参与自然工作坊的经历心得分享给更多的人，当一个“自然美学传播者”。一开始，认真做的几条音频听众都是零，她也丝毫没有气馁，坚持做了几天，慢慢有人注意到这个温柔却有能量的声音，开始收听和订阅，李丹在日记里欢欣鼓舞地写下——“很开心呐！”

她的间隔年，是一曲生机盎然的牧歌

秋天来了，李丹在一座禅寺做了一个月的义工。在那里，她的日常是固定地坐禅、共修以及每天不一样的劳动任务——早上出坡劳作，缝一天被子，用半天清洗生姜，包快递，修剪花草及浇水。这些别人眼里的琐碎之事，她却乐在其中，反而觉得“日日无小事，借事可练心”。距离二十二岁生日还有一百天，她独自在庙里静坐参禅，细细回想自己三个多月间隔年的经历，突然生出感悟——食物给人温暖，自然给人力量，修行让人成长。这个还不满二十二岁的姑娘，一想到未来有大把的光阴可以用于自己真正热爱的食物与自然，就激动得睡不着觉。

从禅寺回归城市，李丹又开始探索如何更好地“输出”。她与青年组织“北辰青年”合作，作为领队，组织面向大学生和白领的自然体验活动，把她所感受到的大自然赠予人类的美和力量，通过巧妙的活动设计传递给更多的人。一次乡间漫步活动，让她和参与者印象深刻。那天晚上，所有人都不说话，在漆黑漆黑的路上听溪流声，看萤火虫、星星和月亮。一开始，有人因为看不清路感到害怕，甚至拒绝往前走，但慢慢地，自然以其无声的温柔包裹住渺小的人类，就像母亲的怀抱。她说：“走着走着，大家发现，只要静下心来，慢慢适应，其实没有想象中那么黑，那种害怕与恐惧是可以克服的。”事后做分享时，她说设计这条路线的目的，原本是想让大家去倾听自然的声音，但参与者说他们得到的启发比想象的还多。“他们的反馈让我感到温暖，也让我看到了做这件事的意义。”而这样的时刻，因为李丹的努力，在她的间隔年中还有很多很多。

在帮助他人感受自然之美的同时，李丹自己也保持着谦卑的状态，时刻准备着从自然中学习更多。间隔年的最后一段时间，她来到香港，在朋友家的后院露营七天六夜。让她印象最深的一件小事是，有一天徒步时，她把吃剩的水果皮丢在地上，结果同行的小伙伴捡起果皮，告诉她即使是果皮，至少也得三个月才能降解。在此之前，它会一直留在那儿。别人看到垃圾满地，也会不自觉地乱扔垃圾。李丹立刻意识到自己的环保意识还不够，暗暗提醒自己，一定要把环保贯彻到自己的生活中。就像她之前去自然工作坊所学到的："理解不够，是因为爱不够；爱不够，是因为理解不够。"或许，越是付出爱，才越能理解应当如何去爱。

毫不夸张地说，和李丹聊天的每一分钟都能感受到她对生活、对自然的热爱。这个平时有些不善言辞的姑娘，却有着一肚子关于自然的小故事，随时愿意分享给别人。

比如，2016 年 1 月，她在江西参加了一个关于自然的青年活动，恰遇罕见大雪，气温骤降，大家都蜷缩在房间里瑟瑟发抖，她却在屋外看到了不一样的风景。

"怀着对雪的好奇，我把自己包裹得严严实实，鼓起勇气走出门。走着走着，突然发现一串很特别的脚印。于是我跟着脚印走，很快看到一群母鸡正在雪地里悠闲地散步，它们看到我后便急匆匆地‘竞走’回家，动作迅速而灵敏，而我却像一只笨熊。我觉得，即便是下雪，它们也能活得如此潇洒！不仅仅是鸡，大自然中的很多动植物都如此——生机勃勃，精神抖擞。而我们人类，尽管有暖气，有羽绒服，依旧抵不住寒冷，甚至还会感冒生病。相比之下，人真的很脆弱，不论是身体还是意志。”

李丹从间隔年中体会到，越是接近自然，越是用心去观察和探索，所收获到的也越丰富和深刻——“我常看到燕子早早起来练练嗓子就出门去找吃的，天黑之前便回家。对于它们来说，吃是最重要的事。它们从不加班熬夜，开心的时候唱唱歌，跳跳舞，累了就休息。它们很简单，很纯粹，也很快乐。尽管我们人类很容易得到食物，获得居所，可为什么我们还是不快乐？我们吃不香、睡不好，整天愁眉苦脸。比起自然万物，人类究竟在烦恼什么，穷其一生所苦苦追求的又是什么？”

哪怕仅仅是一张落花的照片，在李丹眼里，也包含着不容小觑的哲理。

“很多时候我们提到‘凋零’这样的词，会感到凄凉、伤感。但你看这朵花，非常轻盈、优雅，像一位仙女下凡，它就告诉我们，结束也要美美的啊，结束也要快乐啊。自然总能带给我很多惊喜。”

翻看她的朋友圈，几乎每天都能看到她发的一些妙趣横生的关于大自然的图文，也许是种田回家时路上偶遇的一只喜鹊，也许是种菜时看到的一个花骨朵。即使隔着屏幕，我也能感受到她那份真真切切与大自然亲密接触的喜悦。现代人遗失已久的对自然的敏感与敬畏，在这个小姑娘的眼里重新焕发出光芒。

从不后悔让自己“吃苦”的决定

在逐渐认识到大自然对自己的重要性的同时，李丹对人生也有了许多新的思考。间隔年临近尾声时，她参加了首届“南部生活节”，这是一个由共识社区发起的节日，被组织者和参与者们称为“一次浸入自然、艺术与爱的旅程”。他们组织了丰富多彩的探索人与自我、与自然和谐关系的活动——泥浆跑、彩色跑、木工、山野茶会、陶泥、绘画、手工、沙盘、篝火晚会……共识社区位于福州，是一个由来自世界各地的居民自发、自主、自愿，因共同的理念聚集到一起的社区。在这里，大家从事生态建筑、农耕、自然教育、湿地保育、可持续设计、艺术创作、适用技术、环保日用品、古屋修缮等工作。抱着学习和体验的心态，李丹去参加了为期三天的“南部生活节”，没有舞蹈基础的她跑去参加了禅舞工作坊，通过瑜伽和舞蹈打开了自己平日僵硬的肢体，也打开了自己的情绪源泉，感受到脆弱、焦虑、快乐、平静和喜悦等情绪在身体里自由流动。

结束了南部生活之旅，李丹在网上看到很多对这样一个“乌托邦”质疑的声音，也跑去看了发起人唐冠华的TED演讲视频。

她在日记里写道——

“我想，冠华现在正在做的，是在追求自己渴望的生活，是在构建心中美好的理想国，并以开放的心态欢迎志同道合的人加入，一起探索更多的可能性。当外界大多数人都在评价这个事是否能成，这种模式是否符合社会发展，对此提出质疑、批评甚至否定时，冠华只是在做自己想做的事情，追求自己想过的生活罢了。在他眼里，成败并不重要，也没有成败可言。

“迫于现实压力，多数人对理想主义者常常抱以中立甚至否定的态度，‘这不现实’‘这能成吗？’当我们持这种想法时，是否已经陷入了对现实的妥协呢？我想，不管事情是否能成，能如此忠于自己内心的想法，并勇于去追求的人是生命的开拓者，是人生的主人。”

这也是她追求的一种理想主义：埋头专注于脚下的路，温和地回应外界的质疑，但同时决不对自己选择的目标妥协。

间隔年结束后，李丹的大学生涯也仅剩下一个学期，身边的同学和朋友都忙于找工作，以期毕业后早日走上正轨，满足社会的需要。李丹想了想，这短短半年，已经让她完全徜徉在自然的世界里，虽然不知道将来具体做什么，但肯定与自然相关。

“我想间隔年的意义在于：找到自己所热爱的，并朝这个方向走下去，而不是结束后又回到原本想跳出的生活。”这是李丹间隔年期间的一次感悟，最终也成为她间隔年结束之后再次面临人生选择时的精神指引。而机会也总是在怀有信念的时候不期而遇，李丹现在在成都的一家公司工作，这是一家关注生态和文化保护问题的社会企业，在自然教育、规划设计、生态旅行等方面以负责和用心的态度默默耕耘，与李丹的想法不谋而合。间隔年结束后不久，她大学毕业，就正式加入了这家公司。

“我从小也是被如此教导，认真读书，考上好的大学，找一份好工作。这是父母眼中的正常小孩。所以，我爸妈现在挺头疼的，因为他们发现我变得不正常了：在广州生活了二十年，毕业后一个人跑到成都，一切从头开始，没有人际关系，工资不高，经常往外跑，很苦，为什么要如此难为自己？

“我也挺头疼的，因为我实在做不到放弃在成都的工作与生活，违背自己的意愿去达到父母期待的标准。但我从不后悔目前所做的一切决定。”

李丹的爸爸妈妈出生于五六十年代的农村家庭，对于这个唯一的女儿，一直以来的期待就是找一份体面、稳定的工作。“跟他们讲自然教育，他们听不懂，所以在介绍我的工作时，我会说是记者，到生态农场做采访；是老师，带孩子到乡下学习等。”爸爸妈妈一开始不太能接受，后来发现怎么都说不动女儿，也就慢慢接受了。

“我觉得，在这个过程中，自己的立场很重要。因为这是自己的生活，自己的人生，不管你做什么，不能因为别人，因为其他，最终没有做成自己想做的事情，然后很惋惜。要知道，一切要靠自己去争取和创造。这个过程，也是我父母学习的过程：从盼着孩子成为他们希望的模样，到慢慢接受孩子成为他自己想成为的模样。

“如果说间隔年对我来说有什么意义，意义之一就是让我彻底打破了这个标准。因为标准，每一个人都越来越雷同。大家的生命历程好像都差不多，这个时间做什么，下一个时间又做什么，每一步都计算好了。如果按照我最开始上大学的路线走，我大概会在一个高级广告公司做一只可爱的广告狗。然而，现在的我，下定决心要成为一名面朝黄土的自然工作者。”

认识自我与自我成长，永远是一个蜿蜒曲折又需要勇气的漫长旅程，有时候你可能会发现无路可走，有时候则良辰美景、轻松愉快，有时候也会倒退。难得的是，如何永远保持一颗纯真、无畏的心，如刘瑜所说的，人身上最美好的品质——不气馁，有召唤，爱自由。

探索自然，更探索自我

2017年的1月28日，是李丹二十二岁的生日，也是她的间隔年正式结束的日子。回望自己在2016年夏天做出的参加间隔年的决定，她充满喜悦，也充满感恩。

“若没有这大半年的间隔，不断地体验与挖掘，就没有现在的我。同时，在这个过程中，我拥有了更多独处的时间，一个人旅行，一个人面对旅途中发生的问题。见证了自己的勇敢与坚强，也看到了自己的潜力。虽然笨了一点，花了更多时间与精力，但这是靠自己的力量去完成的。我充满感激，也为自己感到骄傲。

“遇见了一群间隔年小伙伴，他们正在实践自己想做的事，让我不禁感叹并深信：生活有无限可能，人的能力也不可估量、无穷无尽。

“感谢在二十一岁遇见间隔年计划，并让我拥有了出走的勇气与资本，这将是我生命中非常珍贵的经历！”

李丹说，2015年夏天当义工、体验农禅的两周，当时只是觉得很开心，后来再回忆起这段让她对自然实践产生兴趣的经历，她意识到，其实自己收获的远比想象的多。“它让我慢慢回归内心，回归自己的生活，慢慢不那么在意外界的声音与看法。”每一次微小的与自然打交道的时刻，可能都是一次成长养分的积累，或许这也是为什么李丹总说，自然拥有无穷无尽的智慧，只要谦卑地聆听，它就会慷慨地告诉你很多很多。

在了解李丹及其他间隔年小伙伴的人生经历之后，我想，其实我们很多人都有一条“人生伏线”，那是命运不经意间为我们留下的线索，里面藏着关于“我们该如何寻找到理想生活”的答案，而只有敏锐勇敢的有心人才能破获它，并把它变成一种生命的馈赠。毫无疑问，李丹是这样的幸运儿，但是她的“幸运”是经过漫长的自我探索之后才收获到的。

现在这份工作，让李丹认识了一群与她一样，心怀热爱的自然工作者，让她更加确定自己的选择是多么明智。同事中“有的是通过参与《香巴拉深处》纪录片制作、走遍川西的九五后佛系青年；有的是在日常生活中践行环保的无痕山林导师。办公室里有猫狗，有花草，有小鱼……我们都喜欢骑自行车、穿布鞋、吃饭带餐具饭盒……跟他们在一起，能学到很多，他们的言行会时刻影响着你的生活”。

这份工作更让她通过系统学习认识到，仅仅热爱还不够，对于自然的探索是一条没有终点的路，但孜孜不倦的行者终会得到奖赏。“如果你真的热爱自然，你能为它做点什么。你是否能在日常生活中少用一个塑料袋，是否每一顿饭都能光盘，是否能在山林中捡起别人丢下的垃圾……因为我们是去藏区工作，通过与藏民打交道，也让我们学到了人与自然的相处之道。在藏区，山有山神，水有水神，对于一山一水都有所敬畏；藏民信奉因果，相信眼前的虫子或许就是自己前生的父母，所以不杀生，他们纯朴的一言一行时刻感染着我们。”

但李丹并非整日埋头田园，两耳不闻窗外事，恰恰相反，她更像个徜徉于大自然却目光深邃的哲学家，这也是我最欣赏她的一点。在更加了解自然的同时，她也更加了解这个世界。对于当代社会，她有许多观察和具有哲学意味、结合了自己自然实践经历的思考。自然带给她丰富的启发，让她重新去思考许多表象背后的本质，并试图突破消费主义的迷思，去探寻和回归田园牧歌式生活的人类理想。比如，在那次面对六百人的演讲中，她给大家分享了这样一段话——“我越来越发现，有些看起来漂亮美好的东西，其实并不真实。更多时候，我们只是受到了感官刺激，主流信息的引导。无可否认，某种程度上商业推动社会发展，让世界变得更美好。但我们也要在即将被消费主义淹没的主流声音下，清醒地分辨何为真、何为美、何为自然！我想告诉大家，我很感谢自然，它让我跳出舒适圈，变得清醒，变得单纯，变得柔软，警惕刻板印象，提醒自己‘不批判，不对比’，反思现在的主流声音，成为更独立的个体。”

她说：“我们常常会下意识地比较，下意识地批判，批判这个演讲有趣无趣，批判这事那事有无价值，对比谁的绩点更高、收入更多、工作更酷、伴侣更好。好像我们所有的快乐和幸福都是对比出来，而恰恰放下了本来就存在的自在和美好。”而在大自然中，李丹学到的却是感受和融入，徒步的带队老师告诉他们，看到一朵花时，不要去评判它比起别的花美还是不美，而是尽量去感受这朵花本身，因为自然有自己的美学，我们以为的美丑标准不过是人类的主观建构。

这总让我想到美国超验主义运动，特别是超验主义代表人物之一，我们都很熟悉的梭罗。梭罗在《瓦尔登湖》中以富有哲理的诗意笔触，记录了自己在瓦尔登湖畔的隐居生活。在这场以颠覆性姿态反思现代社会与个体性的生活实验中，梭罗与大自然水乳交融，在田园生活中感知自然，重塑自我。他写道："首先让我们简单而安宁，如同大自然一样，一扫眉头的乌云，在我们的精髓中注入一点小小的生命。努力做值得生活在世界上的一个人。"

不是人生的某一段时光，而是生活方式

回顾自己的间隔年，李丹用一个比喻形容自己的这段奇妙旅程："我发现这个世界上有一种魔法，原本每个人都可以拥有，如今却变得非常稀缺——那就是一颗勇于追寻自己所爱的简单、纯粹的心。一旦找到它，并给予回应与照顾，它就会像一颗慢慢苏醒的种子，开始生根发芽、枝繁叶茂，自然也会得到蜜蜂、蝴蝶的帮助，最后结出香甜的果实。我们暗自渴望被魔法击中，让生命瞬间充满为之奋力奔跑的动力，但又担心这种魔力会让生活变得颠簸不定，被未知的乌云笼罩。"

半年的间隔年，让李丹认识到，热爱是一股多么强大的力量，而有条件、有勇气去做自己发自内心想做的事情，并在这个过程中结识志同道合的伙伴，对更多的人产生积极影响，已经是一种近乎奢侈的幸运。间隔年对她而言，早已不是人生的一段时光，而变成了她选择的生活方式。

她告诉我们："很多人觉得间隔年是人生稀有的一段短暂时光。但我觉得间隔年是一个概念，不在于多久，而在于你是否试着让自己跳出原有的生活，去做点别的、喜欢的或者想做的、没做过的或者想挑战自己、让自己跳出舒适区的事情。所以，如果你带着这样的想法去生活，那其实你已经在间隔年了。没有想象中那么难，它可以是一个月，一个星期，甚至是一天。"而更重要的是，"当我们看到世界的更多面时，也看到了人生的更多可能性。在这个过程中，去观照自我的内心世界，找到内心的探寻与追求，成为一个独立、鲜活的个体。"

梭罗也说，"人们认定并赞美的所谓成功的生活，只不过是生活中的这么一种。为什么我们要夸耀这一种而贬低另一种生活呢？"

李丹对于认知自我和顺从内心的坚持，也在不知不觉中感染着身边的人。

“有的朋友对我表示欣赏和支持，但我也没太关注朋友的看法。因为每个人都有自己的生活，非志同道合的终究会疏离，支持或者不支持，又能怎么样呢？

“我一直相信，一个人只要专注于自己的成长，必定能润泽四方。就像一棵树，一朵花，只要它努力成长，必定能为世界带来芳香阴凉，甚至能成为很多昆虫的家。”

当被问到对未来的规划时，李丹说：“我没什么规划，只有眼前，因为这个很重要，想做就去做，不去想未来。”专注于当下的她，想的问题都特别接地气。她说自己最近思考的是：我们该如何看待人类所定义的“杂草”与“害虫”。

但另一方面，这个弱小的姑娘内心却格外坚毅，在绝大多数同龄人甚至比她年长的人还没看清生活的方向时，她已经通过几年的实践找到了自己的使命，这是她内心永不枯竭的清泉，支撑她一路走得愈发步履轻快。

“我现在与土地打交道，有一个愿望，希望能够谦卑地聆听土地的智慧，并分享给更多的人。这是我希望自己这一生都在做的事情，去与土地打交道，我希望能够探索到一种人与土地和谐相处的方式。”

这也是为什么，我看到的她的每一张照片都笑容灿烂，且眼里有光。

6

古　茜：她的人生，都在一个“敢”字

古茜站在北京三里屯太古里的公交站牌前，跟“自己”合个影

她是个狠角色，一切都按照自己的想法来。

你能在十八岁向心仪已久的时尚杂志社主编毛遂自荐？

你能为了请假在教导处门口堵副校长？

你能二话不说买票去美国硅谷参加全球互联网大会？

你能从千米高空躁动地跳下去？

你能背包去世界各地潜水？

反正我知道，一般人都不能，起码以上有一些我也做不到。

现在的人都爱说，我要是怎么样……

我觉得，你要怎么样那是你的事。

重要的是，你是否真的去做这件事。

重要的是，你是否愿意跨出向前的那一步，是否愿意改变自己的生活，是否能遵循内心的想法，是否不在乎别人异样的目光，是否真正在做自己。

读一些无用的书，做一些无用的事，花一些无用的时间，都是为了在一切已知以外保留一个超越自己的机会，真的想改变，就别留下遗憾。

要想格外成功，先要格外努力

古茜说自己特别迷恋互联网，又看到身边的女性程序员朋友长期处在或多或少被性别歧视的工作环境，她就想是不是可以做点什么来打破这种偏见和歧视，于是便成立了女性技术社区“科技猫”，让全世界的程序员看看女性互联网从业者的厉害。

之后，她在美国待了一个月，在旧金山、芝加哥、纽约、亚特兰大以及休斯敦参加了大小不同的各种会议。

她的联系人清单里多了两百多家硅谷创业公司，她也代表中国女性技术社区，第一次参加了在休斯敦举办的全球最大的女性技术大会。

她觉得这还不够，人生如果就这样满足，那多没意思。

她从未停止过自己想做的事。

立刻发了几百封邮件，联系以色列各色的孵化器、创业公司和社区，就这样在完全不了解的情况下只身前往了。

我说你不要命了，一个女孩子，万一出意外怎么办？

她说她现在不是好好的吗？最大的意外就是害怕意外而不敢尝试。人活一世，会面临各种焦虑，阶级固化的恐慌背后所映射的，不就是改变的可能性逐渐缩小而带来的希望干涸吗？二十岁出头的我们，为何要把风华正茂的希望绑在一根统一度量的尺子上呢？

后来，她接受了福布斯、中国日报、中新网等媒体的采访，在北京、上海、广州、深圳、香港五个城市创建了团队，将社区注册在了肯尼亚的内罗毕，上了央视。所有这一切都是后来别人告诉我的，短短一段时间内，她已经在超越自己的路上走出了太远。

我以为去了以色列这女人就能消停，谁知她又申请了去《经济学人》实习的机会，并担任清华 iCenter（创客空间）跨学科中心的国际关系顾问。

她说，一份工作合适与否，除了薪资，更重要的是所做的事情要有价值。

她每天都给自己打气，告诉自己，还能飞得更高。

为什么好事都降临到她身上？为何我没遇到？只能说，努力的人终究会获得回报。

古茜说，头衔职位只是别人眼里的自己，要想格外成功和优秀，就要先格外努力。

说干就干

古茜是个很随性的人，什么事说干就干。当然，她不想干的，一秒也不会浪费在上面。这大概就是我喜欢她的原因，觉得这个女人特别有想法。

从工作中抽离出来，让她重拾了以往对很多事物的好奇心。于是她问自己，如果这件事迟早要做，那与其等着以后做，为什么不现在就开始呢？

玩也能玩出花样，她平生第一次被拖去拍了广告——一个为苹果公司拍的全球广告，她作为唯一的中国人参与其中。

觉得好奇，又兴冲冲跑去为闺蜜筹备婚礼，一个工科女想方设法要筹备一场草坪婚礼，我不由得取笑她：像你这样的，能设计出什么效果？

你还别说，她设计的东西真不赖，现场主持得也有模有样，最起码婚礼没被搞砸，闺蜜还觉得特别满意。

后来她还受邀于英国大使馆文化教育中心，与驻华文化公使人员一同前往华夏女子中学做主题分享。

她的涉足面非常广，毕竟，她是“世界女人”。

她这么忙碌，还是留了一些时间给身边的我们，她说：“不管怎么样，你们我还是要宠幸的。”

去咖啡厅喝咖啡，去小酒馆喝酒，去火锅店涮肉，哪里都能看到她的影子，哪样她玩的都不比别人差。

突然发现，朋友圈熟悉或不熟悉的朋友，原来有那么多好玩的故事，原来还有那么多闻所未闻的视角。而我们好像走进了陌生人社交的怪圈，崇尚点头之交、点赞之交，却逐渐忘记了人与人之间最真诚、最直接的见面所能带来的巨大能量。每见一个朋友，都在为新能量的积累而蓬勃愉悦，也暗暗愧疚以前急于前行而忽略了身边最珍贵的动力来源。毕竟，与要去的地方一样重要的，是同行的人。

冯骥才说，风可以吹走一大张白纸，却不能吹走一只蝴蝶，因为生命的意义就是不顺从。

你看，就差生命顺从她了。

跟随国外学者的历史之旅

古茜喜欢的领域，我了解的也不太多。

她是个喜欢接触各种事物、善于学习的人，除了专注于自己喜欢的互联网领域，也会主动接触一些别的感兴趣的东西。这不，跟着一位来自美国的学者重走了一遍老北京，又在历史领域遨游了一遭。

这位学者 2002 年来到北京，现在在高校教历史。

这次活动的一行人中，除古茜外，其余都是外国人，都是为了解中国独特的历史文化而来。他们跟随他沿老北京的城墙一路走、一路讲。这段发生了什么，那段发生了什么，在“五四”期间是怎么斗争的，他讲得都很详细。

走到老舍故居的门口，他说老舍是中国很有名的一位作家，他曾写过一篇关于这里的文章。然后他用英文念给大家听。古茜说：“我当时就站在那个门口，听他讲那个时代的老舍如何描写这个地方，变化实在太大了。那种历史感，特别是在当时的情境中，让我很受触动。他慢慢地念，我们慢慢地感受，感觉一下子和历史拉近了距离。”

他们一直走到北大的旧址，听他讲蔡元培作为校长是如何重建学校的，吸纳了多少人才，当时谁是狂人，“五四”时期的《新青年》当时的学生是怎么去争取、去勃发的……

古茜说：“跟他一路走下来，你所熟悉的那些名人一下子通过一段历史贯穿起来了。他讲的历史和我们在教科书上学到的虽没有太大差别，但角度全然不同。比如，我们去认识一个伟人，通常是从其事迹中去认识，觉得这是一个英雄，不会让这个英雄形象有任何瑕疵。但当你从一个外国人口中听到，会发现原来伟人也是凡人，他能成为伟人是因为承受了某种伟大的牺牲，别人做不到的他做到了，所以他成了伟人。我觉得这可以从多个角度去看，伟人不一定就是英雄。”

没有太多感情色彩，只是客观地讲述一段悠远的往事，而这也能让古茜听得热泪盈眶。

“我很开心能参加这个小小的旅程，它让我很感慨，我们生活在一个文化富饶的国度，我们并不缺少文化，只是缺少看待文化的角度。有时候尝试更包容、更开放地去看一个东西，会收获不一样的体验。我之前一直觉得，看东西要从不同角度，这才是更立体地看待事物的方式，它不仅适用于我们了解历史，生活中的很多事情都一样。”

举办女性技术大会

我问古茜：“你现在会放慢脚步吗？”

她想了想说：“会，每一个阶段，猛冲一阵之后，最美的就是那段慢下来的时光。”然后，她就会在快节奏的都市开始自己的慢生活。

北京下雪的时候，她凑巧留在这里，每天出门看到雪花就会感到幸福。初春楼下柳树冒出小芽，她也能“呵呵”地观察许久。

她说，如果你慢，世界也会为你放慢脚步。

1月份，她顶着巨大压力举办了中国首届女性技术大会——女生科技体验节，一下觉得古茜又闪闪发光了，不，只要干正事，她都会发光。

通常随便提到的一件事，她只要想好，就会立即提上日程。你要相信，她真就是这样的人，有想法从来不会烂在脑子里，是会马上去行动的那一类人。

这段时间她一直没睡好，总担心会漏掉什么细节，筹备、策划、招商，她都亲自监工，不能出一点差错，我特别喜欢她认真的样子，那真的能迷倒万千大众。

大会那天，古茜作为第一个登台的主办方和分享者，看到会议大厅密密麻麻站着近八百位参与者（女性居多），当所有人都对着上空的无人机挥手的瞬间，她说：“那一刻我为自己感到骄傲。你知道吗？将脑子里的想法变成现实，即便只做到了一半，也会在事后为自己果断的勇敢而感到骄傲。”

孤独，是人生的必修课

孤独，是人生的必修课，需要用一生去践行。

她啊，潜水次数也不少了，潜水圣地就更不用说了，诗巴丹、红海这些地方都一一体验过了，却从来没尝试过船宿。

这次脑子一热，咬咬牙，她报了名。

这是一次长达五天、完全切断信号的失联之旅。

她说，在海底你会在意每一个小细节，可能平时在电视上看觉得没什么了不起，但当你近距离接触时，会有完全不同的体验。

她在海底看到两只海兔在交配，同行的潜友也都在观察。结果自己不小心脚蹼一踢，泛起的水波硬生生把它们冲散了。

“你拆散了一对有情人啊。”潜友们对她说。

我问，那最后它们互相找到了吗？她说，两只海兔离得很近，但却无法找到对方。她很愧疚，感觉打扰了它们的繁衍。

“在这一点上我不是一个称职的潜水员。下水前我们都尽量不涂防晒霜，害怕对水底的珊瑚造成伤害，在水下也坚决不触碰任何东西。这次尽管是无心之失，也让我感到非常自责。想起之前搭档其他潜伴时，他因为潜水技术不熟练，总是踢起沙土或碰到珊瑚，那时我满心满眼都是鄙视。现在已经不敢抬头看我周围的潜伴了。”

她认为，这种小心翼翼的呵护也应该存在于陆地生活中，人与人之间更需要尊重，不要去想你是哪一片土地的主人，没有人会理所当然地拥有一个地方，每个人都是过客。

她印象最深的，是在一个叫“珊瑚花园”的地方，潜水下去后发现有大片大片死掉的珊瑚，这里根本不是“花园”，而是“坟墓”。因为全球变暖，再加上环境污染，全世界的珊瑚都在遭遇灭顶之灾。大家在水下无法说话交流，却不由得放慢了速度，表示默哀。

最后一晚，船上大声放着音乐，大家都依依不舍，跳舞跳到大汗淋漓、筋疲力尽。古茜去甲板上吹风，来自英国的领队也在那里。“他快五十岁了，已经有上万次的潜水经验了，在我眼里是大神般的存在。”

古茜问：“你一直在斯米兰教潜水吗？”

他说："我一年当中有时候在英国钻井平台工作，有时候在世界各地的潜水点教潜水，反正没有结婚，一个人自由自在。"

"你娶了大海。"古茜说话时声音有点哽咽。

没想到这种过分浪漫、过分矫情的词句，会在这样一个晚上，从古茜嘴里情不自禁地说出。

他坐了一会儿离开了，古茜望着周围波光粼粼的海水，有点迷茫。记得第一天晚上在甲板上一抬头，看到漫天繁星，觉得自己是大自然的宠儿，幸福得想流泪。而现在，却只想有一种超能力，把此时此刻无限拉长，就不用面对靠岸后更深更重的失落。

她一个人在那里坐了很久，想着生活在城市里，每天被动接受的噪音、垃圾信息太多太多。而突然把你放到水底，能够听到自己呼吸的声音、孤独的声音，即使是同伴交流，也是用手势，这是怎么样一种享受。

她说，突然来到别人的生活里——水底的鱼啊，乌龟啊，各种海洋生物的栖息地，你会感叹自我之渺小、世界之广大，在相对宁静中仿佛又听到了千千万万的声音，在陆地上和在水里的感觉完全不一样。

她说上岸后，一直高兴不起来。

“为什么呢？”我问。

她说：“我想到了为我按摩的同龄女孩，来泰国租妻和到处轻佻搭讪的老男人，站在街边穿着暴露的妓女，夜市里身上有一股海鲜腥味和满身文身的小商贩……”

她甚至回想起在船上，每天蹲下给她穿脚蹼和配重、唯一一个会说中文的泰国船员杰克，那晚聚会后，杰克和她一起去吹海风。

她说：“船长都在抽烟，你怎么不抽？”

“我尊重客人，有客人在就不抽。在这里工作是因为听说挣得比较多，我想当导游，还想去中国，中国肯定很有意思。”

最后一天，杰克在帮她们用胶水修理面镜时，不小心把胶水弄进眼睛里了，伤到了黏膜，右眼一直在流泪。船上的厨娘用凡士林小心地为他擦拭，看他躺在那里，古茜感到非常无助。

她沉默了，默默地抬头，看着星星。

古茜想起同船因为热爱海洋而选择来当潜水教练的印度奥美广告总监萨米尔，从美国海军核潜艇退役的迈克，潜水四十二年师从水肺潜水先驱雅克库斯托的米格尔……

她说潜水对她来说更多的是自我感受，天地那么宽，所有不高兴都变得太渺小了，在高压之后释放自己，就这么放任一下，就会收获影响人生的很多东西。

我说，你看现在的世界，很多人都被束缚在特定的位置上，既不敢放开自己去追求，但又在脑海里幻想着新生活。如果不能迈出第一步，去尝试一些新东西，重新认识自己，一切都是徒劳。我一直说影响人生的东西不是别人给的，是需要自己去收获和感受的。

她表示认同。

她说，一下子想去感激，感激自己所拥有的，也祝愿每个人可以在自己的人生路上能走得更好。一艘船开出去就变成了一个很小的社会，在其中可以微妙地感受各种情绪。又因为和外面的世界隔绝开了，开心的和不开心的事都很真实很深刻，好像手中有了一个放大镜，放大了周围，也放大了自己。

她想起了船上不同的人的不同人生。

她会问自己，刚刚那个，是我的人生吗？

不管是不是她的人生，她都比很多人成功，最起码她去做了，去想了。我经常会跟别人提起古茜，觉得她是个有想法的姑娘，有很强的执行力。每次听她讲毒鸡汤，我都能思考很久，也只有她可以让我这样。

之后潜友们踏上了下一趟前往大海的旅程，去看那片星空，去观察那对差点被她踢飞的海兔，去追逐乌龟和海豚，而她则搭上了回程的航班，回到工作的城市，重温办公室里咖啡的味道，听酒吧的歌。

虽是业余爱好，但她一直坚持画画，自从高中选修了水粉画课，就爱上了这门艺术。

其实，画画算是孤独的一重独特境界。全程静默，但又充满了对话。画一朵马蹄莲，细细观察枝干和花苞的纹理，感受花瓣颜色的渐变，再把这些感受完整地呈现在一张纸上。看到颜料和水混合产生的纹理，觉得用颜色来表达我们所看到的世界，真是一件奇妙的事情。

她开心的时候画，伤心的时候也画，画各种花、湖泊、小船。画停留过的地方，成都、以色列、伦敦。有时在桌边与一张纸、几支笔待在一起，大半天就过去了。没有颜料能永不褪色，也因此这些心情记录有了时间的质地。

没想到平时上天下海堪称“钢铁女”的她，也有如此文静素雅的一面。就像著名喜剧演员罗宾·威廉姆斯，这个在银幕前带给观众无数欢笑的人，最后却以自杀结束了自己的生命。我们永远无法参透生命，唯有对其展示出的每一面充满欣赏和敬畏。

与自己的身体对话

古茜是个关注自己的身体的姑娘。

她说身体是最贴近自己的部分，追求那么多，其实归根结底还是在与自己对话，与身体对话。

她以前学过瑜伽，但后来放弃了。她说现在终于有时间去系统理解所谓“自我探索”的意义了。

练瑜伽时，躺在垫子上，闭上眼睛，老师会说“饶过自己，饶过自己”。

她说：“我感到身体前所未有的放松，和老师一起觉知身体的每一个部位，理解每一个动作。”

其实第一次的瑜伽课，古茜连最基本的体式也做不好，脚跟不着地，手也无法正确用力推高臀部。对此她调侃道：“我就像个笨拙的打杂伙计。”

“瑜伽课上没有人会在意别人的姿势美不美，是否到位，每个人都在与自己的身体对话。那一刻感受到了宁静——并非万物俱寂，而是周遭所有的嘈杂都与你无关。”她讲的瑜伽，和别人不一样，她更注重内在。她说瑜伽是一个漫长的治愈过程。

不只练瑜伽，她还请了私人教练开始系统地健身，在教练的严密监督下制定严格的饮食计划，学习食物搭配，了解食物营养，有什么必须要吃，有什么可以忽略，讲起来像个营养专家。

古茜说自己是幸运的。每当回望一段经历，想起悲伤到极点的一件事，一般人都会伤感、抑郁，甚至走不出来，她却总能挽起袖子触底反弹，振作起来。

古茜说：“我感激每一个阶段，因为每一段时间我都非常努力，非常对得起自己。”

为希尔顿酒店做内部分享

古茜凭借过人的能力，获得了希尔顿酒店的青睐。

在收到为希尔顿深圳蛇口酒店做内部分享的邀请时，

她的第一反应是："为什么是我？"说这话的时候，她自己也吓了一跳。

一个初出茅庐的女孩，为一群在酒店工作多年的女高管分享经验，我想象了一下当时的情形，有点不忍直视。

她可倒好，紧张也就是一瞬间的事。分享前的一天才抵达酒店，看到详细的流程安排。

"一个小时的分享……"

古茜开始有点懵，但她想："他们既然看上我，自然有他们的道理，要相信高管们的眼光，要相信自己。"

第二天，她起了个大早，精心化了妆，在酒店吃了早餐，就慢悠悠往工作坊的活动场地走，发现自己是第一个到的，就随便找了个位置坐下来，像个身经百战的情场老手，不慌不忙。

等大家陆陆续续到了，古茜没觉得自己是分享嘉宾——"我今天来是向各位提问的。"就这样随便找了个理由安在自己身上，也只有她能这么镇定自若地"胡言乱语"。

主持人介绍完，她没有立刻上台，而是大大咧咧地走到听众中间，拿起话筒说："其实我觉得能获邀来做分享，实在是对我大大的抬举，今天就和各位姐姐们讲讲我的成长故事吧！”

从哪儿讲起呢？事后她说：“当时我压根没有头绪。”

她没有准备幻灯片，沉默了一会儿，决定沿着一条时间线，顺着往下捋，不知不觉就讲完了。

看到大家时而点头、时而微笑地看着她时，心里的石头才算落了地。

就这个状态，她还自己鼓励自己：“你这小丫头片子，真是幸福啊！”

她一直强调自己很幸福，因为活在这个互联网时代。

我觉得，在世界越来越扁平、我们的成长速度可以越来越陡峭时，中国的年轻人再不会因为年龄而被武断地轻视或说教式地被迫去倾听，我们的话语权，真正达到了最大化。不然谁会去听一个九〇后姑娘的故事，还听得那么认真。

分享完毕，几位姐姐说：“我希望我的女儿将来也能像你这样。”

如果人的一生有很多情绪的里程碑，上面镌刻着提纲挈领的关键字，那么在这一刻，属于她的里程碑是：无以言说、看似轻松的幸运以及背后巨大的努力。

与自己和解

我问古茜，你怎么不去环游世界？你怎么不出一本书？你的经历远远超越那些空洞的鸡汤。

“那有什么？又不能当饭吃。没什么非做不可的事，能做多少就做多少。”她说这话的时候极其淡定，仿佛是被世间的沧桑摧残至此。

她说，喜欢就去做吧，放手一搏。虽然所有情绪都会被放大，开心加倍，焦虑也会随之增加，但什么东西都有两面性，选择一件事而放弃另外一件的时候，就必须承受必要的痛苦。

我们的一生会经历很多事情，每做一件事，最难忘的可能不是最终结果，而是过程和感受，而感受最深的往往是那些小细节。在毫无防备的时候直抵内心，让你流泪，也让你大笑，让你看到拨开了所有“假装”“无奈”“矜持”“伪善”之后的内心。

这才是成长，像古茜这样，既能玩出花样，又能在专业领域有自己的一席之地，肚子里有随时可以说出来的故事，在意自己的看法，为自己而活。

天地如此广袤，而我们如此渺小，对比起来，所有的不如意、不甘心、不理解也就微不足道了。

她说，这段时间，把自己放在了一个更广、更多元的生活维度里，设想接下来可能会发生的事，对她来说这是一次刺激和未知的冒险。

“你做的刺激的事还不够多吗？”我心想。但看到她的眼神，我没敢说话，让她继续说。

“你知道吗？以前不屑、不在意、冷漠或向往、艳羡的生活背后，其实都有其无法言说的故事。”在这之前，因为未曾经历过，觉得一切都理所当然，会毫不犹豫地把自己的标准套在所接触的环境中，如此毫无察觉地过了这二十多年。

“我很感谢二十岁出头时的那一次任性，让我换掉了身边所有的时代和背景，从内向外进行自我关照。你看，我现在是不是比以前好了，你看我现在多厉害。”

她现在确实很厉害，不是说她做了什么，而是她在按照自己内心的想法活，勇敢追求自己喜欢的一切，不在乎别人的看法，活得洒脱随性。虽然依旧不完美，但每一次反省我都为她骄傲。

她一直在思考，是不是成长就一定是要和外界发生摩擦？

当然不是，间隔年亦是如此，不是提着行李说走就走，也不是辞职、休学去环游世界。难道间隔就是出去旅行吗？现在大多数人这么想。

古茜说，跟自己和解是一门重要课程。以为的自己和实际的自己之间差距的缩短，是她在间隔年期间取得的重要成果。预期的自我和实际的自我慢慢地重合，可能这对她的意义更大，而不是去经历一件一件的事情。

她的观点总是很独到。

她说，很多惊天动地的事发生了，你若是没感觉，不去思考，可能这件事对你也没什么意义。也可能只是看了一次日出或听到了蝉鸣，在那一瞬间你就豁然开朗了。不能以一件事情发生的繁杂程度和耗时程度，来丈量你的成长速度。人，踏踏实实追求自己想要的就好。

这些日子，在职业攀爬这条轨道上，古茜的确是停下来了，但却在另外一条自我发现的轨道上拔腿狂奔，追寻自己独特的小宇宙。

“努力”这个状态，并不能单纯被定义为忙碌和排满的日程。

她说，现在我回来了，平静而从容，一天什么都不做也不会感到心慌和焦虑，于万千“无为”中努力寻找让自己快乐的源泉。

蔡　蕊：印度花儿

蔡蕊的采访对象尼哈正在画画

提到印度，你会想到什么？

瑜伽？恒河？印度电影？或者是报道里高居不下的强奸率？脏乱差的城市建设？永远以“受害者”形象出现的印度女性？

有一个中国姑娘，在不到三个月的时间里，孤身去了印度的十二个城市。

她从北到南，从西到东再向西，其间与印度朋友探讨印度女性的生存现状，在奔驰的摩托车上欢呼大叫，在女生宿舍留宿，也去贫民窟，去修道院，还参加了印度人的婚礼。

这个姑娘，就是蔡蕊。

在去印度的一百零五天里，她吃不同的印度妈妈做的菜，戴印度妇女的珠串手链，穿印度裙子，说带咖喱味儿的英语，还打了鼻钉，把自己活生生变成了一个印度姑娘。而这一切，都是因为她打算完成一个有关三十位印度女性的采访计划。

在这三十位印度女性里，有著名的油画家、设计师、环境学家，也有女大学生、保洁员和贫民窟女性。她们或出身优渥，却从不止步于现状，积极进取；或是生活在底层，却从污泥里开出了乐观的花；或是受缚于传统礼教，勇敢反击，反对性别不平等，反对包办婚姻……每一个这样的印度女性，都是一朵异彩纷呈的花儿。

寻美之旅

蔡蕊采访的初衷很简单，她说只是——想去发现“美”。

“我猜一定会有这样的女孩子，不管生活在多么令人伤心的角落，也会像我们一样，喜欢穿漂亮的衣服，做美丽的梦。”

这种想去更多地方发现美的愿望，在2016的夏天被点燃了。那年蔡蕊通过国际学生组织埃塞克，去埃及参加了一个为期两周的实习。实习地点是开罗的一个旅游公司，她在那里负责运营社交媒体。实习的工作很简单，工作日她和来自世界各地的实习生一起工作，到了周末大家就相约集体出行。就是从这时起，蔡蕊开始关心女性题材。

“我开始关心女性题材，可能是在去埃及的时候，当时我发现那里的女性不太愿意跟人沟通，比较害羞。去那边的女生，需要穿遮住胳膊甚至腿和膝盖以下所有部分的衣服，那时候我才知道，居然还有这样的女性存在。”

发现这个问题后，蔡蕊决心去更多的地方看一看，了解其他国家女性的生活状况：她们怎样看待自己，怎样看待自己的生活环境，怎样看待家人和朋友？她们是不是也爱美，也想谈一场自由的恋爱？

怀着这颗寻美之心，蔡蕊申请了间隔年计划，开始了她的印度之旅。

之所以会选择印度，源于一个非常罗曼蒂克的开场。

在埃及蔡蕊曾经“小鹿乱撞”过一次，对方刚好是个印度男生。这个男生聪明、真诚，他们一起旅行、互通书信，男孩鼓励她写作，并说：“如果你用英文写作，我一定会读你的文章。”虽然这段感情以分手终结，却勾起了蔡蕊对印度的好奇心。

从小到大，蔡蕊就是个好奇心十足的“问题少女”——她总是喋喋不休地问问题。现在这个少女又对记者职业产生了兴趣。在学校时，蔡蕊就特别喜欢参加英语角活动，在她看来，跨文化交流是我们这一代的主题。“因为我们需要从彼此身上学的太多了，这种沟通与分享能打破狭隘的思维，让彼此更包容。”

在得到间隔年公益基金的支持后，她开始实施自己的计划。从 2017 年 9 月开始，中途回过一次国，在两个月之后又去了印度，直到 2018 年的 3 月，结束自己的采访计划。

在到了印度的第二天，蔡蕊就和印度德里大学的埃塞克志愿者去参加了一个当地学校举办的国际村活动。活动进行到一半，德里大学埃塞克的副主席突然叫蔡蕊上去分享经验，一下子懵了的她只好上台把自己的整个埃塞克经历讲了一遍。“最感动的还是那一个瞬间，当我在台上叫‘Hey AIESEC’的时候，第一次没有太多人回应，我以为是因为不同国家的埃塞克文化不同。然后又抱着试试的心态重复了一次，却得到了场下响亮的回复——‘What's up?’后来他们告诉我，没想到我会知道这一句口号，还以为这是印度所特有的，这也是他们一开始愣住的原因。然而当第二次听到的时候，他们再也抑制不住内心的激动。这代表了什么呢，就是同一个世界啊。”

蔡蕊说，无论在哪里，人都一样，梦想各有千秋。

相信偶遇

在印度采访，总体来说是非常顺利的，大部分印度女性会欣然接受她的邀请。偶尔也会遇到一些人露怯，她觉得别人害羞是因为不够了解自己，或者是她们还有戒心。每当这个时候，蔡蕊就会主动去分享一些她的事情、她的看法。在蔡蕊看来，沟通是相互的——“我觉得当我对别人敞开心扉的时候，别人也会对我敞开心扉。”

怀着这份诚挚，蔡蕊选择的采访对象都是在她看来最真实的女子。她所要呈现的并不是她们的职业、身份、价值观和经历，而是她们本来的样子。蔡蕊说，在印度很多时候她就是——放飞自我。她说，要去相信偶遇。

比如遇见尼哈，就纯属“误打误撞”。

在做计划的初期，蔡蕊就一心想去孟买，采访在那里打拼的宝莱坞女明星。这只是因为她上初中时和表姐趴在被窝里看了一部电影《三傻大闹宝莱坞》。“里面的女主角皮娅勇敢、大方又有真性情。当时我就被饰演皮娅的宝莱坞演员卡琳娜·卡普纯熟的演技所吸引，很想知道她是如何把皮娅演得如此俏皮可爱的。”

对这个“来路不明的野丫头”来说，要采访到卡琳娜几乎是不可能的事，但她还是满怀期待地去了孟买，虽然她一个影视圈的人都不认识，只希望着能“撞”上几个正在为梦想打拼的印度女演员。

蔡蕊寻找女演员的方法竟然是问无所不知的谷歌——“在什么地方能偶遇明星？”结果搜出好几篇博客。而其中一个博主列出的全是咖啡馆，还细细列举了会有哪些演员、剧作家、导演……出没。说干就干，蔡蕊很快就确定了此行的第一个目的地——皮斯维咖啡馆。

“第二天下午，我就打车去了这个地方。这个咖啡馆跟同名的皮斯维剧院相邻，坐落在一个不起眼的大院子里。房子是浅灰色的，咖啡馆用深红色的绸子做顶，下面挂着一串串彩灯，形状与百老汇舞台后场镜子上的灯泡相似。”跟服务员交谈后得知，她刚好赶上咖啡馆的一个“开放麦克风”的活动，咖啡馆的公共区域将成为一个舞台，大家可自行报名，上台展示才艺。年轻的服务员笑着对蔡蕊说：“届时孟买文艺界的很多人都会来，或许你就能找到想要找的人。”

得知“开放麦克风”活动现场人人可以报名后，蔡蕊又跃跃欲试。对她来说，这是个宣传自己采访计划的绝佳机会，“说不定人群里就有印度演员来找我”。于是姑娘报了名。

在整个“开放麦克风”的活动中，上台的有唱歌的，跳舞的，演讲的，讲笑话的，还有朗诵诗歌的。诗歌朗诵多用印地语，朗诵者的语调舒缓而有节奏，她却听不懂，但这种情况在一位女士上场后，全然发生了改变。

这位女士，就是尼哈。

“她扎着丸子头，额前留着碎发，穿一件黑色A字图案上衣，上面印着银色花朵，戴着一串银色项链。主持人介绍说，这位女士是位作家，叫尼哈。

“尼哈拿着一个深色笔记本上台。她把麦克风固定在筒架上，调试了一下高度，使它与下巴齐平，开始朗诵。

“尼哈的嗓音清脆悦耳，手臂伴着韵律自然挥动，她出色的表演让人为之一振。整个表演过程中，掌声不断，结束的那一刻，场下更是爆发出雷鸣般的掌声。”

这是蔡蕊写在采访稿里的话。

初见尼哈，印象深刻。那一刻，蔡蕊忽然想起电影《爱乐之城》中布满灰尘的麦克风和闪亮的霓虹灯，想起电影中一首歌里唱的“一次小小的邂逅，可能就是你苦等的相遇”。

谁承想，一心想要“钓”个故事满满的印度女演员的蔡蕊，却遇到了极具感染力的美女作家尼哈。“如果今晚我要主动跟谁聊天的话，这个人一定是尼哈！”她默默告诉自己。

巧的是，在活动现场，尼哈的目光也不时与蔡蕊相遇，原来她误以为蔡蕊是自己家乡的人。认识之后尼哈才兴奋地说：“原来你来自中国，你是我认识的第一个中国朋友。”不管什么时候，尼哈脸上都挂着天真无邪的微笑。蔡蕊说，只要见过那微笑的人，没有不被触动的。当天简单交流之后，她们就约好第二天去尼哈家采访。

蔡蕊顶着大太阳七拐八绕才找到尼哈的家。虽居闹市，她却把自己的小房子变成了独具匠心的小花园。初到尼哈家，蔡蕊就被这里整洁、平和的气息所吸引。

慢慢接触后才知道，尼哈的童年是在印度的大山里度过的。儿时她会坐在外婆的腿上，听外婆讲印度教神话，还会去河边戏水，这种原始又奇妙的童年经历让她与众不同。后来她又将这些元素融入到了自己的创作之中。蔡蕊说，正因为这样，尼哈才在群星荟萃的宝莱坞显得格外与众不同。

尼哈做过的最酷的事，当属在 YouTube（一个视频网站）上分享过一个关于月经的视频。

“有一次尼哈告诉外婆，她想做一个讨论月经的视频。要知道，在印度这样的话题被视为禁忌。外婆很奇怪地问：‘你为什么要讲这个？’尼哈信心十足地告诉她：‘你放心吧，我一定会让你捧腹大笑的。’”

后来这个视频在 YouTube 上的点击率达上千，而当她播放给外婆看时，外婆果真被逗笑了。在视频中，尼哈说月经是印度教中的禁忌，被视为不圣洁之物，来月经的女性甚至不能进厨房和祷告室。然而也正是这个原因，每个月到了生理期，由于不能在上述两类房间穿行，水果、茶水和零食都会由家人端到尼哈面前，可见月经也不完全算是一件坏事。

接着她谈到了七大姑八大姨对月经的态度，因为种种原因，没有月经的妇女会被她们说成是受了神灵的诅咒。而对于月经正常的女孩子，如果她们在生理期因疏忽而导致月经被人看见，这些老妇人又会说："你看她，连这点小事都处理不好，还有资格做女人吗？"

尼哈认为，月经是上天赐给女性的礼物，我们不该惧怕或讨厌它，而应该把它当成上天的馈赠来珍惜。

在她的 YouTube 主页上写着"用幽默打破禁忌"，而这正是她的风格——用轻松、幽默的口吻揭开那些沉重事物的面纱。而那些面纱对于印度女性，就如美国女诗人西尔维娅·普拉斯在诗中写的一样——"多希望你知道那些面纱是如何毁掉了我的日子，对你而言，她们只是些透明物，清澈的空气。"

从尼哈身上蔡蕊看到了印度女子自由、乐观、开放的一面。尼哈说自己是一个讲故事的人，从小就发现自己有惊人的讲故事的能力。她说完成艺术的方式有很多，而她把讲故事当成一门艺术。

这次误打误撞的相识，成了蔡蕊孟买之行最大的惊喜。她在孟买期间，一共拜访了尼哈三次，直至离开也没联系过咖啡馆的主持人推荐给她的宝莱坞演员。尼哈对蔡蕊说："这个世界有许多触碰心灵的方式，只是我们没有注意到。"

这种相信偶遇与真诚的力量，让蔡蕊的印度之行多了惊喜，也多了期待。"如果今天遇到一个人，我跟这个人谈得来，我觉得他在讲真话，那我会一直跟他讲下去。有一次遇到一个孟买的演员，跟她聊了一个多小时，我觉得这个故事如果写出来会特别贫乏，因为我发现她讲的，比如'从来没有家人帮我，都是靠我自己打拼出来的'，或者'靠潜规则上位我也没做过'，你会觉得这话很官方，跟电视上的完全没区别。我一直认为，真实的东西最能打动人，如果不真实，那我也就没有采访的必要了。"

印度妈妈

去印度完成这样一个采访计划，妈妈一直是她的坚强后盾。当所有亲戚都反对她来印度时，妈妈说："我的女儿是野生的，把她放到世界上任何一个角落都不会丢，她总是有办法回来。"

在印度的城市间穿行，蔡蕊要背负四件行李——一个背包，一个单肩挎包，一个斜挎包，还有一个十九寸的行李箱。"我常常跟妈妈抱怨自己提这些东西有多累，可每次妈妈总会说：'作为一名女性，你要时刻记得自己是女强人。'"

蔡蕊说她妈妈就是个女强人，十五岁毅然走出农村，被三哥带去学医，从此便操起手术刀，为病人做手术，为产妇接生，当法医鉴定死因……就是这样一位要强的妈妈，得知蔡蕊在印度遭遇过一次手机被抢的危险后，却整晚睡不着。

那次，她打算去附近的邮局给朋友们寄明信片。"谷歌地图上显示，从旅社步行八百米就可以到达。于是我用手机导航找邮局的位置。由于注意力完全集中于找路，对自身安全疏于防范，突然一辆电动车疾驰而过，坐在后座上的人一伸手抢走了我的手机，眼看着他们扬长而去，我什么也做不了。”

蔡蕊说，这是她在印度唯一一次遭遇危险。事情发生后，她向妈妈保证，再也不会在晚上单独出门，还要做个链子把手机套在脖子上。

也许爱就是，可以为你变成锐利的铠甲，也可以为你变成手无寸铁的棉花糖。

在印度蔡蕊遇到了很多印度妈妈，分别时彼此忍不住流泪，她们已然把她当成了自己的女儿。

“在采访的后期，我去了印度中部城市占西，见到了2016年我在埃及实习时结识的印度女生希姆兰。她邀请我参加她表姐的婚礼，我在她家住了整整七天。

“临走时，希姆兰的家人一一与我道别，我微笑着拥抱每一个人，轮到希姆兰的妈妈时，她抱住我久久没有松开，松开后已是泪流满面。她双眼微微眯着，眉头有些皱。没想到操持着这个四十几口人的大家庭的女强人，在婚礼上大小事都要过问，竟会为我这个小女孩哭泣。”

希姆兰妈妈每天早上都会把饼干和早茶送到蔡蕊床

前，知道她晚上不吃油腻食物，还总是单独为她准备水果拼盘。“她为我穿纱丽，把自己珍藏的手镯、耳环给我戴，临走时还给我打包了特色甜点……”

印度妈妈让她觉得家并不遥远。

在印度，蔡蕊遇到了很多好人，接受了很多善意，这让她的采访进行得非常顺利。提到这些帮助她的人，她说“当然（接受的）不只是来自女性的（善意）”。

“我在埃及遇到的印度朋友，在我抵达印度时，开了十个小时的车来机场接我。后来又请我到他家做客，我采访了他的外婆。她是个家庭主妇，后来儿子事业有成，把她接到了莫斯科，在那里一住就是三十多年，有很多有趣的人生经历。

“还有一次，在飞机上遇到一个印度商人，他问我是做什么的，我说是去印度做一个妇女采访计划，他就帮我联系到了一个印度有名的油画家，画的主题都是为人们带去希望，她也曾出过书，在英国、俄罗斯办过画展。这位印度商人还为我联系到了另一位印度妇女，她是澳大利亚和印度混血儿，从小在澳大利亚长大，现在在印度工作。我觉得这些都是自然而然发生的事。”

蔡蕊的第一个采访对象是名创优品的一名员工，她是通过名创优品印度区域的一个经理联系到的。这位经理看了蔡蕊的文章，就联系上她，说需要帮忙随时可以找他。“他不辞辛苦驱车两个小时来青年旅舍接我，他说他在印度留学三年，后来因为太喜欢这里，索性就留下了。因为自己年轻时留下了遗憾，现在就想帮助那些想实现梦想的人。”

当被问起印度男生如何时，蔡蕊大方地说，至少她的印度男性朋友都很正直，是发自内心地想帮她。“也可能是因为我遇到的大多是学生或是年龄比较大的，比如那个印度商人，包括我有些朋友的爸爸，他们把我当女儿一样看待。当然这并不意味着印度社会完美无缺，危险在任何地方都存在，但善良的人更容易遇到善良的人。”

在印度，蔡蕊从北到南，从西向东再到西，始终是一个人。她一个人坐公交，坐火车，坐大巴，坐飞机，但是一路上总是有人为她提供帮助。她在印度见到了故友，他们都是一年前或在中国或在埃及认识的，当再次见到蔡蕊时他们说：“你已经不是一年半以前那个小女孩了，而是一个坚强、勇敢的年轻女性了！”

这一年，他们紧密联系，成为彼此生活的见证者。蔡蕊说：“这一年走过的路，听过的故事，看过的风景，见过的人，它们联合起来，组成了今天的我。”

不同的花朵

蔡蕊喜欢印度沙丽。她说，印度传统服饰布料用的都是优质棉花，但价格又很便宜。“而且印度是个少有的国家，他们的妇女还穿着传统服饰。当时五天的结婚典礼，在婚礼现场，我每天要换三套衣服。早上一套，中午吃饭时一套，晚宴时又一套，而且款式特别多，一扫在国内出席婚礼时的无聊，每个人都会尽情打扮自己。”

蔡蕊也表达了自己的审美观。“在街上，我看到穿沙丽的女性大多已年过中年，比较丰满。总觉得沙丽太过性感，上了年纪的女性常常在上衣和裙子之间露出大大的肚腩。印度占西的女生本拉莉告诉我，印度妇女在生了孩子以后身材会变形，皮肤会变得松弛，再加上印度食物多油多脂，她们更容易发胖。但我今天看到一个骨瘦如柴的女生，她身着沙丽，背上骨头都露出来了。手臂的线条更显僵直，腹部那一段空空的，下裙显得格外宽松。我突然觉得，还是胖一些比较好看。”

蔡蕊为印度妇女拍的照片，她们脸上都挂着灿烂的笑容。在这次与印度女性的接触中，她开始觉得，接受自己才是最大的美。“我不会太在意别人对我的看法，接受了自己的不完美，但依然没有放弃对生活的希望。我在不断地成长，对我来说无法达到完美，或者说不能一开始就达到某种高度，但我总会在这个过程中不断进步，遇到错误，反省，再学习。”

在印度，蔡蕊也碰到一些打破自己固有印象的女生，比如她的另一个采访对象——苏梵薇。如果说尼哈是一朵肆意绽放的花儿，那苏梵薇就是悄然生长的一朵——看似柔弱，却有着坚定的方向。

在去印度之前，蔡蕊就从朋友口中得知，这位“书呆子”姑娘戴着厚厚的眼镜，每天中规中矩地翻阅文件。她来自传统印度教家庭，看起来很乖巧，却是印度校园里女权运动的发起者。

虽素未谋面，但听了朋友的介绍，蔡蕊就按捺不住一颗想要认识苏梵薇的心了。抵达金奈后，她立刻要了苏梵薇的联系方式，专门去拜访了她。

苏梵薇出生于极其传统的虔诚印度教家庭，全家都是严格的素食者，遵循包办婚姻制度，她去年刚刚从印度顶级高校——印度理工学院毕业。她的家坐落在金奈有“世界第二长的海滩”之称的玛丽娜海滩，那是一幢双层白色小洋房。

初见苏梵薇，蔡蕊说：“她热情地迎接我，她的头发自然散落在肩上，摘掉眼镜后双眼比照片上的更大，笑起来脸上挤出两块透亮的苹果肌。”

彼此刚刚认识，苏梵薇就骑着电动车带蔡蕊去了海边。苏梵薇说，金奈的民风相对保守，比基尼是被禁止的，所以很少有外地游客来度假。

两个姑娘在海边坐下，苏梵薇的头发在海风的吹拂下轻轻扬起。和多数年轻女孩一样，苏梵薇也有自己心仪的男朋友，他们秘密交往，家人并不知情。包办婚姻在印度社会中仍占主导地位，甚至在大学期间家人也不支持年轻人谈恋爱，认为他们应该以学业为重。

但这个看起来文静的姑娘，却对她的爱情充满了信心和勇气。这份勇气很大程度上来自于她的姐姐——一个同样的包办婚姻的反抗者。姐姐曾经为自由恋爱努力过，并且成功了，现在定居华盛顿。事后父母的态度也有所改变。苏梵薇的男朋友在孟买有一份稳定的工作，两人倾心相爱，苏梵薇自信满满地说："我相信，未来我也有机会为自己的婚姻而战。"蔡蕊说，她毫不质疑苏梵薇身上的这股劲。

蔡蕊开始对苏梵薇感兴趣，还因为她上学时就领导过一次女权运动。

印度大学有针对女生的宵禁制度，女生在晚上6点半以后就不能出宿舍大门了。2016年3月的一天，苏梵薇要去参加一个关于英语文化的竞赛。晚上她和朋友想出去，却被门卫以"宵禁时间不允许出宿舍"为由制止。苏梵薇感到十分气愤，她想，为什么女生在6点半以后就要被锁在宿舍，却对男生却没有任何限制？

"当晚我并没有按规定回宿舍，而是跟朋友们一起在宿舍周围游行抗议。有许多人围观，有些男生甚至走到我们面前试图以武力相威胁……"

苏梵薇眉头微皱，两年过去了，再提起这件事，她依然心潮澎湃。

苏梵薇后来把整件事的经过发在了脸书上，并倡导学生联名签字，并向最高法院提交了取消宵禁制度的请愿书。这件事引起了轰动，当时有很多报社记者专门找到她，希望写下她的故事。这激怒了校领导，他们没收了她和同伴的身份证，并威胁她们说如果继续闹事，会有严重后果。宵禁事件不了了之，但自由叛逆的精神在苏梵薇心里埋下了种子。

苏梵薇虽是弱女子，却能骑摩托车骑到飞起来，吓得后座上的蔡蕊紧紧抓住她的衣服不敢松手。她们还会一起去酒吧喝上一杯，苏梵薇会为蔡蕊穿上一件“共产主义”的短袖衫，以为这样会让她感到亲切。她们一起做瑜伽，一起讨论油画……这两个来自不同国家的女孩，也会交流彼此对女权主义的看法和两国的文化，她们对彼此的成长背景与生活方式都充满好奇。

有意思的是，在印度，蔡蕊常常遇到两种价值取向截然相反的女子。比如一心追求自由和新生活的女儿与一心照顾家庭、奉献自己的印度妈妈；一心要同包办婚姻抗争到底的苏梵薇和另一位在包办婚姻里也很幸福的印度女子——曼萨老师。她们的故事虽然不同，却都展现出女性的勇敢、柔软与爱。

曼萨老师出生于印度的一个中产阶级家庭，她的父母慷慨善良。“她出生那天，爸爸因喜得女儿，慷慨地为医院所有的医生护士分发糖果。”

曼萨老师的丈夫是当地沃尔玛超市的总经理。虽然工作忙碌，但把曼萨老师呵护得像个小公主。他们是通过包办婚姻认识的，但与传统包办婚姻不同，他们先经历了九个月的恋爱长跑。曼萨老师说：“他每天会给我打两三次电话，问我吃过午饭没有，在学校是否一切安好。我觉得他的存在可以唤醒我身上好的一面。失落时，他知道怎么让我开心起来，焦虑时，他知道如何鼓励我走出来。”

每年各自生日的时候，他们会给那些不能养活自己的人分发食物，会去孤儿院与孩子们共度一段欢乐时光。“我们给他们衣服、糖果以及餐食。周末，我们会做好出行计划，去吃晚餐或是看电影。稍长一点的假期，也会计划出远门。”

“以前父母会为女儿选择合适的男生，中间并没有所谓的恋爱阶段。只要双方家长觉得合适，就会要求子女立刻结婚。不一样的是，我（曼萨老师）的婚姻是有恋爱阶段的。在谈这门亲事时，我跟这个男生见了两三次面，在这个过程中我对他产生了些许好感。接着我们就签署了一份文件，表示我们订婚了。”

苏梵薇和曼萨老师貌似选了截然不同的路，其实彼此非常相似——她们都以柔克刚，捍卫内心的爱和自由。包办婚姻也好，自由恋爱也好，做一名家庭主妇也好，做一名事业女性也好，最重要的是不丢失自己的独立性与自我价值。

从苦难中绽放出芬芳

蔡蕊说她只是想客观地呈现三十位印度女性的故事。“我觉得会跟媒体上报道的不一样，至于她们当中一般人是什么样子，或者说印度人是不是都像我采访的这样，我不能保证，但我想说的是，我能够保证这三十位女性的故事都是真实的。”

对蔡蕊来说，听到一个好故事比什么都重要。“我从来没有跟这些被采访对象住在一起，我们都是约时间见面，有时候我需要等她们一个小时，但是我会让自己耐下心来。像去贫民窟采访，可能三四十分钟就结束了，因为沟通的问题，我只能很客观地去问一些问题，很难有太多的互动。但也有一些被采访对象，她们之后会成为我的朋友。所以除了正式采访，我还会从生活中去观察她们，或者说从我的视角去讲一些她们的故事。我觉得一个人愿意把她的故事讲给我听，这本身就令我感动。”

在印度，蔡蕊想象着自己就是个印度女生，她穿沙丽，打鼻钉，说印度味儿的英语。“我竭尽全力去融入她们，跟她们交流，回来感觉自己都变成半个印度人了。”

在蔡蕊看来，印度的年轻女子都很有想法。“我原以为她们会屈从于男性的力量，但事实上越是这种压迫越让她们具有反抗精神。”很多印度女孩喜欢记者这个职业，就是因为这个社会不让她们发声，所以对此她们更加珍视，也更加迫切。她们往往勇敢又自由。

蔡蕊也遇到一些来自中产阶级家庭的印度女孩，非常乐观，积极向上。她们从未对优越的家境感到理所应当，反而加倍努力，为自己的未来而奋斗。她曾认识一位在京工作的女性软件工程师，手上揽了三份工作，从来不让自己闲着。蔡蕊在贫民窟也采访过一位女性，她失去了丈夫，按照以往的价值观，她大概只能活在别人异样的目光之中，但她从未丧失对生活的希望，从不忘记去奉献他人。

“我觉得每个人都有自己独特的色彩。当这些印度女性在我生命中出现时，其实是她们每个人在我的生命画卷上抹了一笔属于她们的色彩，到后来我就和她们分不开了，因为从她们每个人身上我都学到了一些东西。”

不光是旅行中遇到的这些可爱的人，在修女院做义工的经历也深深震撼着蔡蕊的心灵。

特蕾莎修女院以“垂死之家”著称，为了此行的目的，蔡蕊最终选择去了“女性之家”。

“与我选择同一目的地的志愿者也都是女性，她们中有来自中国的小学教师，有来自黎巴嫩的卷发女孩，有来自新加坡的白发红头巾阿姨，还有来自罗马尼亚的舞蹈老师，来自阿根廷的医生以及来自马来西亚在中国台湾上大学的女学生。在加尔各答晨光的沐浴下，我们一同出发，前往巴士车站。巴士里挤满了人，男性会主动把座位让给女性。

“被收容在‘女性之家’的妇女大多有精神疾病，她们要么无家可归，要么被亲人抛弃。一见我们来了，几个妇女立刻热情地涌上来。她们身穿统一的粉布格子衬衫和短裤，头发剪得只有一寸来长。一个跟我一般高的中年妇女朝我咧嘴笑，她走过来用手摸我的脸，口水从嘴里流出来，她笑着用手去擦，接着又用手蹭我的脸颊。

“从小我的圆脸就常被捏来捏去，对此我很不开心，却没法反抗。但当这个见人总是傻笑的妇女用擦过唾液的手捏我的脸时，我并没有小时候的那种厌恶感，反而喜欢她这样做，因为我觉得这表示她喜欢我。”

在“女性之家”，蔡蕊最常做的事是帮忙晾晒衣服。吃完饭她也会到她们的房间里去。她们“有的盖着被子睡觉，有的半躺着跟自己说话，还有的正缠着罗马尼亚阿姨让她教自己跳舞……”她曾和一个手臂有残疾的女子练习互相扔皮球，也见到一位每天都重复跳窗、声嘶力竭、痛苦万分的女子。后来才知道，这些女性在来这里之前都有过一段艰难的经历，有的是脑部受了伤，被家人赶了出来，什么都不记得了。那位要跳窗的是个母亲，精神失常前过得还算幸福，后来怀了第三胎，还是个女儿，夫家要求她打掉，她拼死不从。一起做志愿者的姐姐后来告诉蔡蕊，这位母亲打算为了肚里的孩子逃离夫家，她在夜里悄悄打开窗户，计划顺着二楼的烟囱逃走，却不想一脚踩空，从楼上摔了下来，孩子就没了。“孩子没了，她的精神也开始失常了，常常跑到窗户边，打开窗户往下跳。好像她生命中的一切都在那个夜晚戛然而止，余生就只剩那个反复跳窗的片段。”

生性乐观的蔡蕊，对现在的“女性之家”充满了希望。她说，虽然曾经的创伤让她们忘记了很多事情，可能忘记了一些开心的事，一些伤心的事，也可能忘记了如何做一个大人……她们会把口水抹到你脸上，表示对你的喜爱；为了先吃到饭，会从你手里抢餐盘；不想锻炼就把皮球扔出去……但她们真的很开心。每天有饭吃，有地方住，还有来自世界各地的志愿者的陪伴。每个受助女性都是一张白纸，简单又纯粹，连开心的理由也那么简单。

“我想，她们现在这么快乐，不记得过去也许并不是坏事。性情流露时的俏皮可爱，反而招人喜欢。”

要从苦难中绽放出芬芳。

这也是蔡蕊自己。对她来说，好的也罢，坏的也罢，度看看，消除偏见。

“对于女孩子，孤身一人出国，可能最担心的是安全问题。比如，我就常常被问：‘印度真有那么可怕吗？’‘我一个女孩子，谁也不认识怎么办？’但来这里做义工的大都是孤身一人，而且很多是女孩子。我认为别人很难改变你从小就接受了的观点，除非你亲自到了这个国家。

“我可以向你保证，在印度被抢劫的可能性比在巴黎小得多。你唯一需要担心的是过马路的问题。因为在印度红绿灯常常被视作摆设，你需要聚精会神地过马路，以确保自己能平安穿越。

“在二十几岁的年纪，去经历一些大多数人不敢做的事，会让你终身受益。”

蔡蕊说，如果自己什么都不做，让这些经历烂在肚子里，可能多年以后有勇气走出去的女孩子还是寥寥无几。“而如果我尽全力把自己看到的、听到的、体会到的，分享和传播出去，可能日后会有更多的女孩子鼓起勇气，走出国门，去发现这个世界的美丽。”

这是二十一岁的蔡蕊对女性力量的最好诠释。

蔡蕊采访了三十位从事各种职业的印度女性，而她也不是只谈这些印度女性，还有她认识的交换生好友，在印度工作的俄罗斯姐姐、韩国传教士、盲人工程师等，这些人让她的旅程变得更美好，也让她对印度的认识更加多元、更加立体。蔡蕊希望能把这些故事整理成书，给人们一个看待印度女性的新角度，希望人们不只是在国内单方面看了一些报道，就定义印度女性就是这个样子或者其他地方就是那个样子。

蔡蕊说："每一种选择都需要你去承担结果。虽然有时我觉得自己并没有那么专业，记者也好，写作也好，但这就是我的间隔年呀！我就是要去体验生活，去了解世界，去了解自己。在这个采访计划里，我并不遗憾，我是从一个印度女孩的视角去看印度这个社会，就是要放空自己，从不后悔我做出的每一个选择。"

她正筹备出版的有关印度采访计划的书，不仅有中文版，还写了英文版。"每个故事都保持相同的体例，比如我会列举各种品德，试图从每个女性故事中提取一种品德，这三十位女性就有三十种。我想传递的不只是'印度女性'这个概念，还想对读者有所启发：比如之前我不是很自信，现在变得自信了；之前我不愿与人交流，读了这个故事后，我觉得应该真诚待人、保持童心等。”

离开苏梵薇时，蔡蕊把一本关于女性的书送给了她。“书中写的是全世界具有非凡勇气和卓越远见的女性的故事，其中的一个故事让我想到了苏梵薇。这位女士叫奇玛曼达，是来自尼日利亚的小说家。书中引用了她在TED演讲中的一段话：‘我们教导女孩要收敛，让她们变得更渺小。我们告诉女孩们，你们可以有理想抱负，但是不用太大。你们可以成功，但不能太成功。而女权主义者是那些相信无论在社会、政治还是经济上都男女平等的人。’

“这段演讲后来被收录在碧昂斯的歌曲《完美无瑕》中，在世界各个角落传唱。而在奇玛曼达的演讲中，她提到自己的曾祖母是一名女权主义者。‘她从自己不愿意嫁的男士家里逃跑，嫁给了自己喜欢的人。当感到自己的权利被剥夺时，她拒绝、抗议，勇敢地发出了自己的声音。我的曾祖母当时并不知道“女权主义者”这个词，但并不意味着她不是。’

“在我看来，女权主义者会说：‘是的，这个世界的确存在性别不平等的问题，因此我们必须行动起来，去解决

它们。'

"离开金奈之前，我告诉苏梵薇，这本书她一定要收下，因为这里面有许许多多像她一样，用行动勇敢发出自己声音的女性。她们是这个世界上最美丽的花朵。"

不幸的是，2018 年 3 月苏梵薇在一场森林大火中去世了，年仅二十三岁。

在写关于苏梵薇的采访稿时，蔡蕊曾经犹豫过，要不要在"花朵的成长不需要栅栏"里面删掉这个"栅栏"，现在她决定不改了。她说："花朵的成长是不需要栅栏的。我们应该勇敢拔掉社会上那些已然腐朽的木头。让更多花朵可以无拘无束地生长，自由自在地绽放。"

蔡蕊说，很多东西都是偶然出现在她生命里的，后来她才真正开始对这些事物感兴趣，并想去为这个世界做点什么。正如她离开印度时写给朋友托马斯的信。

她在信里引用了电影《模仿游戏》中的一句话："有时候正是那些人们意想不到之人，方能成就人们意想不到之事。"这部电影讲了阿兰·图灵的一生。他也曾怀疑自己，但却能勇敢地探索，直到最后发明了图灵机。

"很多事情，比如人与人之间的交往，就像粒子间的碰撞，会发生奇妙的化学反应。但是因为粒子的尺度太小，用肉眼观察不到，所以通常会被人们忽视。人们往往觉得自己和身边的事物平淡无奇，只有‘意想不到之人’才能成就‘意想不到之事’。但其实每个人都有机会成为‘意想不到之人’。当你愿意施展你的想象力，当你能够用心感受自己和身边的人的变化，当你接受改变并且乐在其中。

“世界没有一刻不在变化着。手抓印度奶茶上的奶膜这个习惯已经逐渐在年轻人中消失；德里的印度女孩也和我一样喜欢流行音乐和亮色口红；斯瓦缇克服了内心的畏惧同意接受我的采访；内敛害羞的托马斯给了我自信和勇气，反过来我也激励他正视自己，勇敢地探索未知。人生中每一份经历都是我生命中的粒子，这些粒子积累到一定程度就能爆发出能量，被别人察觉之后，才有了所谓的‘意想不到之事’。”

最后，这个古灵精怪的工科少女说，“意想不到之事”源于粒子积聚过程中的漫长等待，源于挫折中不懈地坚持，总会有爆发能量的那一刻。

正如她喜欢的电影《白日梦想家》里说的：“看见世

界、面对危险、跨越藩篱、贴近彼此、感受生活——这就是生活的目的。”

而看见世界，看见自己，就是这个二十一岁姑娘的“女性力量”。

马帅帅：你不重要，你的努力很重要

马帅帅徒步走访中国农村，到了甘肃白银的一所小学，拍摄正在楼道里玩耍的孩子们

疲惫琐碎的日子背后，每个人心中都有一个英雄梦想——穿越高山大海，行走四野八荒。只是一小部分人付诸了行动，把梦想变成了现实，而大部分人则像失去了航向的轮船，在迷茫中前行。毋庸置疑，那些勇敢行动的人是幸福的，比如我们这篇文章的主人公。

他曾以最年轻的入选者，拿到天津市首届“十大公益之星”提名奖，和他一起入选的还有天津市慈善协会会员、天津市政协委员、天津市首例造血干细胞捐献者；他曾一路途搭、徒步从北京出发前往贵州偏远山区，为闵孝中学的孩子们搭建图书室；他曾利用一年的时间徒步走访中国农村，呼吁外界关注乡村教育。

南京工业大学浦江学院公益慈善管理学院教授侯印国曾在一次采访中称赞他：“其中有些孩子，因为听了我们的课，甚至仅仅是听了我们的讲座，就能很努力地传递这种温暖。有几名学生已经成了很好的志愿者。有个学生刚上高中就开始做公益，在当地发起一个名为‘向阳花开’的公益组织，力所能及地去做各种公益项目。在他考上大学之后，也是一如既往，连续做了四年。”

侯老师读完本科后，义无反顾地放弃保研机会，加入了学校的第十三届支教队，深入西北大山，开始了为期一年的支教生活。

他说的那个学生就是因为他的一次分享而开始了公益之旅的马帅帅，也就是我们故事的主人公。

风雨无阻，从一毛钱做起

帅帅小学六年级时，跟现在大多数的山区孩子一样，要走一个多小时的路去上学，风雨无阻。中午吃母亲烙的饼，喝凉水，在教室里学习。晚上放学后，一路小跑着回家，到家后要跟弟弟一起去山沟里挑水，还要喂鸡、喂猪。直到上初中，都没吃过一次生日蛋糕，他说自己没有抱怨，只是觉得这种事不应该发生在自己身上。

他说那时他只有一个想法，就是咬紧牙关、全力以赴地翻越一座又一座阻碍自己成长的大山。他第一次走出大山是在高考结束后。我尝试着搜遍了所有的平台，找到了当时江苏卫视采访他时的视频：他站在南京长江大桥上，脸上洋溢着幸福，说着蹩脚的普通话。当时我看了视频，眼泪不由自主地流下来。他说那次旅程让他等了整整二十年。出发之前，为了这次活动，他在网吧写了两天两夜的策划方案，还给自己准备了一身新衣服。那一刻，对他而言，是圆满的。

看到外面的世界，他的第一反应是，原来同一片天空下，生活却有天壤之别。他说走出大山的那一刻他才明白：当山区的孩子拿着灯在漆黑的山路上小心翼翼地寻找上学的路时，已经有人在明亮的教室里朗诵起了唐宋诗词，练习起了加减乘除；山区的孩子请求母亲买一根雪糕的时候，别的孩子早就在游乐园里吃起了肯德基、麦当劳……

帅帅回忆这些，不由得哽咽起来，他有些难过。稍稍调整了一下，他平静地说："记得小时候想吃一个冰激凌，放学后哭着找妈妈要，结果被打了一顿，最后和妈妈都哭起来……"他感叹说，从你出生的那一刻起，就注定了你将要面对的人生，需要承受的苦难，你没有反抗的余地。你唯一能做的就是：不要多愁善感，勇敢一点，坚持下去。

时间总是那么无情，让我们在经历了不同的磨难、痛苦后，一下子长成了懂事的大人。把那些不堪的往事变成了回忆，然后还要故作坚强地前进。

从高一发起的"一毛钱爱心基金"到大一发起的"花开公益计划"，帅帅用不同方式帮助跟他一样在贫困线上挣扎的孩子。风里来雨里去打马而过的四年，他为宁夏、贵州等地山区的孩子筹集善款五十万元左右，帮助五百多名山区孩子达成了生日愿望。他说孩子们在收到每一分善款或每一个沉甸甸的生日礼物时，露出的久违的笑容就是他最大的收获。

有媒体曾称赞马帅帅："他不仅是公益的倡导者，而且是切实的践行者。"

一心践行公益梦想，不问春夏秋冬。我采访他时，他说自己想要的并不多，只希望能够通过自己的每一次努力，让山区的孩子多读一本书，吃一次生日蛋糕，没有太多的奢求。

当我问帅帅为什么一件事能坚持四五年时，他轻描淡写地说，世界上最励志的事情，就是感同身受。因为自己跟这些需要帮助的孩子有过一样的经历，也穷呀，现在长大了，有能力了，所以必须要做一些事情。

当我问到，作为一个农村孩子，你是怎样筹集到初始资金的？他娓娓道来，眼睛里全是真诚。他说上高一的时候，特别迷恋徐志摩，在粗浅的认知中，觉得文学是神奇的存在，能写出优美情诗的男生容易引起女生的注意，而且招女生喜欢；于是他开始疯狂地迷恋文学，梦想着能出版一本散文集。刚好当时有位语文老师在学校成立了文学社，他就顺理成章地加入了，还幸运地担任了第一任社长。

他说："当时，因为社员大都来自农村，手里的零用钱，除了每周的生活费，也就所剩无几，社团的运营基本靠老师的补贴支持，这不是长久之计。当时正值夏天，我想通过在学校收集矿泉水瓶来筹集费用。”

每天晚自习结束后，他就拿着从废品回收站买来的袋子去各个宿舍收集瓶子。起初，多少有点被同学瞧不起，甚至被他们调侃成“破烂王”，而他却选择用自嘲来化解尴尬。每次进宿舍，同学们还没说之前，他先自称破烂王。坚持了半个月左右，帅帅已经把收瓶子当成一天必做的事项。说着说着他突然激动起来，他说没想到全校的师生也慢慢开始支持他，甚至有的老师在上学路上看到瓶子，也拿到学校让同学交给帅帅。

没过多久，帅帅算了一下账，收入已远远超过了社团的运营所需。他说，当你做一件美好的事情时，全世界都会支持你，千万别畏惧出发。

为了让这个组织正规一点，需要有一个宗旨。“宗旨是整个团队的灵魂，将带领团队披荆斩棘，也告诉自己勿忘初心。”他严肃地说道。

其实他最吸引人之处不是有一颗真诚的心，而是平时看起来大大咧咧，但当跟你讨论问题时却瞬间变得严肃起来，我想这是他最帅的时刻。

下午放学后，他开始在教室里拼命翻阅徐志摩的书，于是具有徐志摩风格的宗旨诞生了——“只想为你做点事。”

在采访中，他说“只想为你做点事”这个宗旨并非随意，也不是受徐志摩的熏陶，他只是单纯地想为山区孩子做点事，不掺任何杂质。虽然最终还是被否定了。

帅帅发起的“一毛钱爱心基金”在走过了四年后，随着成员一个一个毕业，最终解散。我想若干年后，这个组织注定会被人遗忘，但请记住这个组织传递出去的爱，记住它为山区孩子带去的温暖。

2014 年 6 月 1 日，以“一切为了孩子”为主题，帅帅在“六一”儿童节为宁夏隆德县神林中心小学的五十个山区小朋友送去了五十个温暖包作为节日礼物。他说孩子像花朵，需要我们去呵护和关爱，并鼓励孩子们努力去回报父母。

2014 年 7 月，他引进了“作业本公益计划”，对隆德县近一百个孩子进行一对一地资助。在校运动会期间，他组织了爱心义卖活动，为“一毛钱爱心基金”筹备经费。

2014 年 10 月，他发起了“give-love-gloves”活动，为隆德县山区的部分孩子送去了手套，让那个冬天不再寒冷。这个活动结束后，帅帅在自己的QQ空间里写道：温暖已悄然离去，而寒冷从未走远。

2015年1月14日，在宁夏义工联合会固原工作站、宁夏新闻网和团委的帮助下，帅帅带领两名志愿者来到当地县城山区小学，为五百一十名贫困中小学生送去了近万元的糖果、饼干、明信片等作为新年礼物。他说，希望他们在新的一年写下自己的愿望，愿孩子们的生活像糖果一样甜美。

2015年6月，高考结束后，从未走出过大山的他幻想着大山外边的世界。于是他发起了“宁夏孩子南京行”，得到了南京大学侯印国老师以及部分创业团队的支持。他带领六名宁夏农村孩子来到南京，开始了为期七天的公益旅行。每天都有新主题，先是听江苏省军区原政委、九十六岁的彭勃将军分享其抗战及担任总指挥建设南京长江大桥的故事，之后又去参观了南京高校，还去了高淳等地。

2015年7月，他邀请著名讲师栾杰，为隆德中学、隆德县高级中学的学子做公益演讲，受众多达上万人，得到了校方和学生们的一致好评。

2016年4月，他利用空闲时间，一个人从天津出发，以徒步和搭车方式前往贵州。在贵州闵孝中学开始了为期半个月的调研，白天给孩子们讲学习方法，晚上翻山越岭去孩子家慰问。离开时，他在闵孝中学搭建了一个由学生自己管理的图书角，目前藏书有五百多本。

2016年6月，在“六一”儿童节来临之际，他联合天津市公益组织和部分高校社团，一对一地帮贵州一百多名山区孩子达成了生日愿望，鼓励他们努力学习，走出大山。

仅凭描述，我们或许永远无法真正体会，帅帅在这四五年间的坚持背后，有着怎样令人动容的故事；也永远无法感受一个二十岁出头的毛头小伙子，是怎样把一份又一份沉甸甸的爱送到山区孩子们的手中的；更无法体会，在面对重重疑虑和困难时，他是怎样一步一步扛过来的。

所有这一切，上面的这些日期，做过的事情，终究会变成故事，被遗忘或被他新做的一件又一件事情所替代。可无论如何，那些从中受益的孩子们会永远铭记，并薪火相传。

带着爱踏上间隔之路

当我问及，做了这么多，肯定有很多媒体采访你吧？他说，自己只是一座桥梁，真正伟大的人是那些支持我、原意捐赠善款给山区孩子们的爱心人士，自己只是努力做一些喜欢的事情，没有专业知识背书，所以拒绝了很多媒体的采访。

但是在中国地理杂志网站上可以看到他的一则呼吁：他呼吁全社会关注中国的乡村教育现状，找到真正符合需求的乡村教育公益模式，避免“只做感动自己的事情，而不能真正解决实际问题”的表面公益。

著名作家大冰老师则明确赞许这种敢于批判现实的勇气，并认为乡村教育问题确实存在，需要年轻人去关注并改变……

后来为了这个呼吁，他参加了中国间隔年计划，用一年时间去专心做一些事情。当我问及花费一年时间去践行这句话值不值时，他说：“说实话，我也不知道。回答这个问题需要一个参考值：比如放弃某个东西，来做这样一件事，然后两者相比较，才能得出一个结论，是否值得。

可回头想想，我们都是第一次做人，没有前世今生的对比，也不知道对错好坏，一切都是在经历和探索。所以我现在能做的就是努力生活，把握好每一个当下。喜欢了，刚好有时间和能力，那就去做吧。”

从去年7月份参加完中国间隔年计划第三期的面试后，他就一个人，一个包，一台相机，从北京出发，开启了他的间隔年之旅。以徒步走访的形式，用文字、视频等记录偏远山区孩子们的真实生活状况，传递给外界，获得切切实实的帮助。

帅帅从北京出发，真正开始采访的第一站是在新疆，他住进一家青年旅社。很幸运，旅社的负责人也是一位有爱心的小伙伴，带他走访了当地学校，了解当地文化。就在一切一帆风顺的时候，不妙的事情发生了，帅帅丢了身份证。要知道，在新疆没有身份证会寸步难行。在多次被警察盘问之后，他做了一个重大决定：不走交通管制地带，一边搭车，一边露营，想办法坐上回家的火车，然后离开新疆，回家补办身份证。思来想去，他的方案是从伊犁搭车到赛里木湖，在赛里木湖露营，然后搭车到博乐，在那里露营。第二天早晨搭车到乌鲁木齐，然后坐火车。

令他记忆犹新的是在赛里木湖的露营，他准备了五桶泡面和一大瓶矿泉水，却不知当时在一个很少有人去的湖旁边，他准备用什么来泡面，是用凉水吗？没错，本着节俭原则，他硬生生地用农夫山泉泡了五桶泡面。

更悲惨的还在后面。在10月的新疆露营，他带了一个很薄的睡袋，大概是做好了被冻死的准备。当天夕阳西下的时候，他还发了一条浪漫的朋友圈："终于住上海景房了。"配图唯美——夕阳、帐篷、湖水，就差比基尼了。可没有想到的是，气温零下十几度以及随时会有狼出没的夜晚，正在步步逼近。

回忆当晚，他说，夜幕降临，天地万物开始变暗，他坐在空旷的岸边，抱住渺小的自己，只能听到波浪声和自己的心跳声，突然莫名生出一种恐惧。

他说，那一刻，他才真正意识到，人类在大自然面前是多么渺小。当时零下十度左右，打开手机，会马上没电关机，他只好打开矿灯呆呆地坐在帐篷里，思考着如果被冻死有谁会想他，脑海里浮现出父母的影子。天越来越冷，他实在无法忍受，准备出去围着湖边跑，借运动提升体温，没想到刚迈出半步就听到狼的嘶吼声。他说那一刻脑子一片空白，直接瘫倒在地上，赶紧爬回帐篷，关了灯。在帐篷里呆呆坐到天亮。

我问他，现在回忆起来，那晚是什么感觉？他说那一刻真正意识到了生命的可贵，如果当晚真的离开了这个世界，他会有很多遗憾，他还有很多事情没有做。只记得第二天迎来清晨的第一束阳光时，他望着从东方缓缓升起的太阳，泪水湿润了眼眶。我们总是这样，活得那么自私而无知，从未停下脚步审视周围的人与物，把一切视作理所当然，殊不知那才是生命中最值得珍惜的东西。

他说当晚是怎么度过的，自己也不知道。只记得当时想了很多，但具体想了什么自己也不清楚，只知道那是生命中最难忘的一夜。

“把握当下，才能仰望未来。”从此这成了他的座右铭。他很快列出一个清单，写下了所有自己想去做的事情——拍电影、写书、办摄影展、拍纪录片、去看极光、带着父母旅行等。

结束新疆之行后，他回到宁夏，开始了走访山区学校的第二站，并开始拍摄关于山区孩子的纪录片。他有一个原则，就是去一些位于大山深处、不被公益组织和其他人所关注的学校。他说随着国家经济的发展，很多人在物质需求满足之后，开始了精神层面的追求——参与做公益。但蜻蜓点水式的公益似乎更多是为了满足个人虚荣心，他们只关注交通便利、媒体报道过的小学，那些真正需要帮助的偏远地区的小学，反而永远得不到关注。他想去那些偏远的小学，为孩子们送去一些帮助，哪怕只是一次简简单单的对话。

他说，在宁夏部分山区设置的一些教学点中，其中一个可以说是最孤独的学校，只有一个老师和一个学生。孩子每天一个人去上学，一个人上课，一个人回家，一个人对话。他说一个人该有多么孤单啊。他回忆起刚到学校的时候，正是课间，老师正在办公室准备午餐，孩子则一个人趴在硕大的教室里的桌子上写字，他走进去跟孩子搭讪，孩子一直闭口不谈，可能是怕生，也可能是很久没和小伙伴聊天了。离开学校时，他说孩子趴在桌子上一直盯着他，好像有很多话想要跟他分享。

那天之后，帅帅想了很多，特别想为这个孩子做些什么，却发现自己无能为力。他说很喜欢一位作家的一句话：“这是一个个人存在感很低的社会。”不仅是因为人口众多，个人在群体中就像沙漠里的一颗沙砾，毫不起眼，更因为在这个社会中，权力、财富、名声构成了巨大的金字塔，除了塔尖的一小部分人，其他人很难感知自己的存在。

自己，显得一点都不重要。

他说逐渐意识到，教育资源不公平和社会发展不均衡，是历史积累下来的问题，改变任重而道远，需要一代又一代的人去努力。自己现在能做的非常有限，也仅仅是每学期为孩子送一本画册、一个篮球和一份微不足道的鼓励。

后续他去了很多的地方，四川的木里，贵州的毕节，甘肃的白银，西藏的尼玛……

经历了最孤独的学校，也走到了他认为最遥远的学校。

他说随着自媒体的兴起，很多山区学校呈保守状态，尤其是一些相对落后的山区小学，这成了他接下来的采访的阻碍。

帅帅说刚到贵州时，根本无法深入学校，采访频频受阻。在不得已的情况下，他联系到了当地的一个朋友，才她全都接受。

“我当记者，就是要去相信一切可能性。这个世界上最重要的是改变。如果连你自己都不愿改变，那还当记者干什么？并不是让你去评判某件事，而是当你一层层接近事物的真相时，会更加理解这个人或处于这个局面中的人物，你对她们更能产生同理心。”

这种同理心与包容心也符合蔡蕊旅行的初衷。蔡蕊一路上遇到了很多难忘的人，比如她在印度最要好的荷兰交换生朋友，帮她找宿舍的俄罗斯姐姐，带她去印度教堂和农民家的韩国传教士……

蔡蕊鼓励大家出去走一走，看一看，自己去亲身经历一下，才知道这个世界上发生了什么。她说她一个女孩子，能一个人去印度十二座城市，你为什么不能呢？

我的女性力量

在写到自己在特蕾莎修女院做义工的工作经历时，蔡蕊特意在文末附上了修女院义工的报名方式，在她看来，听别人说不如自己实实在在置身其中。她希望大家都去印得以走访一些小学。

在出发去“最遥远的学校”的前一天晚上，他们相约在学校见面，讨论行程安排，预约车前往学校。帅帅说后来他才知道，去这个学校需要三天，且要换乘各种交通工具。从火车到大巴，还要包车，最后徒步到达学校。他说当时他们特意找了个当地司机，因为相对熟悉地形，开车比较安全。但即使这样，他也被崎岖的山路吓得心惊肉跳，疲惫不堪也不敢闭眼休息一下，赶到学校时已是第三天上午十点。

为了对孩子们的真实生活状态有全面的了解，来之前帅帅查阅了很多资料。他了解到，校长是一位可敬的乡村教师，曾被评为“铜仁市十大道德模范”。1987 年校长初中毕业后回到父母身边，村里的干部上门找她商量：“闺女，你是村里为数不多的文化人，就留下来为家乡办所学校吧，让更多孩子像你一样，学点知识……”听了村干部的请求，校长感到十分为难，怕自己没这个能力。但一想到大山里的众多青年，因为没有文化只能过“面朝黄土背朝天”的苦日子，她就一口答应了，并承诺“就在这里教一辈子书，决不远嫁他乡……”

一个“决不远嫁”是一个乡村教师坚守大山三十年的承诺，这三十年绝不仅仅是一个简单的数字，而是一个人的一生。

校长对帅帅说，当时村里没有空闲房子做教室，她就与父母商量，腾出了自家的堂屋和厢房；没有课桌，她又拆掉自家的楼板做桌椅；学生交不起书本费，她就卖掉自家的牛羊为学生垫付。就这样，当年的秋季学期，村里的三十多名孩子走进了“教室”。从此她三十年如一日，在家乡播种耕耘，其间的艰辛不言而喻。

上午10点半左右，学校铃声响起，孩子们下课了。帅帅这才注意到，原来学校每天上午10点半吃午饭。吃饭期间跟校长聊天，才了解到，由于当地经济水平低，孩子们每天没有早餐，晚餐也基本是凑合，所以第二天早早就饿了，根本等不到中午。为此校长决定每天上午10点半吃午饭，让孩子们吃饱后继续回教室学习。

在农村很大一部分孩子认为，读书是一件很花钱的事，且不能养活自己，所以从小就选择在家务农。帅帅说他走过很多乡村小学，这个学校是生源最好的，而校长却说，生源好是因为孩子可以在这里吃上一顿香喷喷的饭。

在跟校长进一步沟通之后，校长说她一直有个心愿，希望自己的这三十个学生在早晨有一顿早餐，哪怕是一个面包，只要孩子们有一口吃的就好了。

帅帅听了之后，脑海里浮现出很多办法，但吃上早餐是一件需要能持续的事情，担心自己不能负责任地完成，所以他没有立即答应。这件事成了他的一个心愿。记得当时他发了一个朋友圈，号召大家出谋划策，很多朋友为此提出了方案，遗憾的是，没有一个是比较合理的。

本以为这个事情会一直搁置，但 2018 年的 4 月 3 日帅帅收到两条微信，一条是孩子们正在开心地吃面包的视频，另一条说孩子一学期的早餐问题解决了。

老师为什么要发这样的信息给他，当时他以为搞错了，在深入了解之后得知，原来是他的一个朋友在看到他发的朋友圈之后，默默去跟学校联系，为孩子们解决了一学期的早餐费用。他说这些年也动摇过，想过放弃，但看到身边这些朋友的默默支持，瞬间又有了战斗力。

帅帅有个习惯，他每个月会给自己写一封信，发送到一个没有人知道的邮箱，记录自己酸甜苦辣的生活和成长中的变化。他说走到甘肃的时候，他写给自己的，是关于

"如何让在校大学生关注自己家乡的教育问题"的思考。

举办"三城五校"山区孩子故事巡展

坐在开往南方的绿皮火车上，为打发时间，他拿出藏着很多温暖瞬间的单反，才发现已经积累了大量照片，这才有了发起"三城五校"山区孩子故事巡展的想法，希望通过展示图片，号召在校大学生创造更多、更有效的方式来关注山区教育，而不仅仅停留在每年的支教上。他说其实大学生可以在探索中尝试，在尝试中改变，以更多的创新方式服务山区孩子。

他说大学生作为知识群体的代表，原本有责任和义务去改变山区教育。现如今却因为教育体制的问题，导致每年寒暑假有成百上千的支教大军杀进山区，但大部分人只是抱着挣学分、净化心灵甚至旅游的心态简简单单地坚持一周或半个月。他认为真正意义上的支教，"支"是发自内心的纯粹的支持，"教"是在做好自己的前提下指导别人。在去支教之前应该做好充分的准备，坚持一年，在孩子生命中最肆无忌惮的时光，陪伴他们走一程，为他们带去切实的帮助和指导。

他带着自己拍摄的照片，一路从南京到武汉，再到广西，“三城五校”山区孩子故事巡展在各大高校陆续展开，他希望这些山区孩子的照片能让大学生有所触动。

令人欣慰的是，巡展获得了大学生们的一致好评——有人留言说，从未有过如此接地气的巡展，让我相信，在这个世界有很多的人在为梦想奋斗，为帮助山区孩子而默默前行。

把握当下，才能展望未来

我说现在间隔年结束了，你为山区孩子付出很多努力，你走过的最穷的地方是哪里？他说其实现在没有穷地方，只有穷思想。贫穷是多方面因素导致的，比如地理位置、气候条件等，并非一朝一夕就能解决。而随着国家经济的快速发展，相当一部分落后地区已经开始改变。相比较而言，更可怕的是思想落后，有些地方甚至还停留在十年前的“读书无用论”上，这是最难改变的。

很多人说间隔年是一把双刃剑，我问他怎么评价自己的间隔年。他说间隔年不是教我们怎么去流浪，而是该如何面对生活。如果说中国教育体制教会我们的是输入，那么间隔年就是一种比较好的输出途径。间隔年会打破课堂上一贯的灌输式被动教育模式，让你`主动去质疑和发现，而这些恰恰是任何一个文明健全的社会发展所需要的。

他说，间隔年的一年时光，让他看到了独立个体的价值。可能因为你的一次微不足道的努力，会让更多山区孩子获得外界的资助；因为你的一次分享，会让更多大学生愿意怀着一颗感恩的心去支教；因为你的努力，会让更多人开始勇敢追求自己喜欢的东西。因为自己小小的努力，让这个社会发生些许改变，可以说是这个世界上最励志的故事。现在想想，如果没有留给自己的这段空白时间，这辈子可能都不会去做这些事情，他笑着说。

最后他说，间隔年是鼓励在校大学生或刚毕业一年的大学生，给自己三个月到一年的时间，思考一下自己未来想做的工作和人生的意义，然后再进入社会，这时候除了具备相对独立的思考能力，还会具有更多的创新意识和更强的社会责任感。

现在很多大学生觉得间隔年是一件很酷的事，为彰显个性盲目出发，最后却适得其反。这样的例子数不胜数。2018 年 7 月帅帅去凉山支教，在海拔四千多米的山上，因为昼夜温差大，第四天他就感冒了，不得不下山休整。支教的地方恰好临近丽江，于是他决定在束河古镇休息一段时间。

他在客栈认识了一位小伙伴，聊天中得知这位小姐姐因为在学校和老师发生了一些不愉快，于是她决定休学，去外边的世界看看。遇到帅帅之前，她已经在路上走了二百多天了，去了无数的地方。但她却说自己最近非常迷茫，看到同班同学，有的准备考研，有的准备雅思打算出国，每个人都有自己的目标，自己到现在也不知道接下来要干什么。

帅帅告诉她，想要去间隔年的小伙伴，在出发之前一定要做好充分的准备，必须具备生存力、创造力和行动力，为的是能活下去、有所得、坚持到底。

“与我而言，间隔年的真正意义，不是去了多少地方，看了多少风景，而是找到自己想要的生活方式。是暂时放下当下的生活，为的是更好地生活。”

阿　靓：自由生长

历经数周的狂野西澳公路之旅后，阿靓对大自然生出前所未有的亲昵，人猿泰山似的在热带雨林中游荡，这让她内心充盈无比

认真、要强却天马行空，这是朋友眼中的阿靓。对她而言，翘课去台湾环岛骑行、休学赴澳大利亚打工旅行、沿京杭大运河寻访，都像是幸运突然砸中了她，她没有理由拒绝这些从天而降的礼物，从欣喜若狂到坦然自若，她在源源不断地汲取养分。

台湾的浸润式交换之旅

阿靓并不是那种漂亮且受欢迎的女孩子，她个性并不鲜明，在人群中时常茫然不知所措，聊天得绞尽脑汁，上升星座怎么看都不像是狮子座。肤色黝黑，在这个以白为美的国度时常被家人朋友拿来说笑，久了也就不以为意了。少不更事时，在乡下外婆家爱捅不大不小的娄子。上了学进了城唯一知道的就是听妈妈的话——大概是被打怕了，好胜心强，认死理，在主流号召下争分夺秒地咀嚼高中三年那少得可怜的知识。因为她知道自己并不聪明，视野也不算开阔，尤其是在争当重点的寄宿学校。

在还不清楚大学为何物之时，和多数人一样，阿靓成了“千军万马过独木桥”的高考大军中的一员。大概还是应该好好学习吧，争取奖学金是妈妈的要求，可以减轻家人的负担，但阿靓从没好好思考过这款游戏的规则，直到多年之后，遇见尧尧和小玉——前者掌控规则，为其所用，光明磊落；后者干脆无视规则，是阿靓见过的最干净的同龄人之一。

在阿靓尚未意识到的时候，一条路已经草蛇灰线般为她铺设好了，她争取到了公费去台湾交换学习的机会，彼时的她并不知道那将是另一个故事的开端。

在台湾沐浴着温情，阿靓由着心性拥抱了人生中的许多第一次：第一次独自旅行，第一次独自环岛骑行，第一次打工换宿，第一次做沙发客……她懵懵懂懂地抓着这些新鲜事物，就像刚刚睁开眼睛的猫咪，世界就是一个毛球！相对于宏大、流行的事物，她更着迷于细微、不太引人关注的东西——在东海岸卑南族的部落里，围着篝火跳一整夜的跨年舞蹈；访老友夜归的台铁上，出神地凝望远处山脚下原住民窗户里摇曳的灯光；背包客栈里聆听马来西亚设计师静静叙述彼国的华人现状；为一件手作，在高雄美术馆前和刚从生死关头走过来的佛门弟子漫谈；为一张唱片，和山城“九份”咖啡馆的老板从白昼聊到黑夜，聊到老板主动分享橘子；为一个多年来把自己的家贡献出来、作为过往者歇脚处的伯伯落泪……她逃课去环岛骑行，反被校长鼓励，虽仍会在意不太漂亮的成绩单，但更多感到的是释然——第一次有勇气放下外界强加给自己的东西。

这次浸润式的体验将她从逼仄、被动的大学生活中解放出来，让她看到了生活更多的可能性和自身的局限。以往的她如箭在弦上，步伐飞快，总是很紧张，总想做更多、做更好，拼命想证明什么，其实那只是惯性使然，缺乏真正的驱动力。

澳大利亚的自我教育与自力更生

青春期上演疯狂故事并不稀奇，但当听到一个平日较为亲近、颇守规矩的朋友，在一个平常的场合平淡地通知大家——“抱歉，我无法跟大家一起毕业了……半年前我就决定要去新西兰打工旅行”时，内心的翻腾不亚于原子弹爆炸。处于常规毕业季的阿靓，面对选择，脑子里一片空白，考研，工作，听起来都那么无趣，年轻的心渴望一场冒险，为贫乏的大学生活增添几抹亮色，远方似乎是个不错的选择，未知和挑战莫名地撩拨着她的心弦。

好在阿靓的父母是开明的。说服、苦学、恶战之后，阿靓顺利通过了雅思考试，并在朋友的帮助下拿到了第一批赴澳大利亚打工度假的名额。阿靓兴奋极了，离开学校的那一刻，她骄傲得像个英雄，的确，这么做的人并不多。

初到墨尔本，阿靓丝毫没有初出茅庐的紧张与焦灼，她甚至还抱怨朋友来接机——这让她失掉了首次出国大胆探索、试错的机会，尽管那只是从机场到市中心的短短路程。向家人借了五千元人民币，自信英文过关，找一份工作并不难。而现实是，大城市如墨尔本，僧多粥少，尤其不乏各国的留学生和背包客，工作特别是合法的“白工”并不容易找到。带来的钱花得很快，而骄傲的她又绝不想向家里求援。从青旅六人间的混合宿舍到需要等待仅有的两把钥匙方能回家的拥挤合租屋，从留学生的公寓到自己心仪的房间，从推拿店的学徒、服务员、小摊贩到酒店的前台接待兼房务清洁，阿靓质疑过自己的能力与鲁莽，焦灼于瘦得干巴巴的钱包。这一阶段的阿靓在各方面尚处于懵懂的探索期，作为背包客界的菜鸟，她沉重的行李箱被塞得满满当当，而多数在未来的日子被证明毫无用处。

航海相关专业出身的阿靓喜欢亲近水和船，她坐上前往塔斯马尼亚的“精神号”，在海浪的推动下沉沉进入梦乡，醒来已是与墨尔本截然不同的风光。虽前路茫茫，且身处弹尽粮绝之境，但听到岛屿的召唤，阿靓还是忍不住雀跃起来，这里太美了！在墨尔本出现的听力障碍也开始恢复，从起初的恼怒无措到平静接受，像是在另一个世界暂住了一阵子，她始终无法忘怀，耳朵贯通后发丝在衣服上摩擦发出的细微声响，美妙得难以言说！

误打误撞来到苹果农场的阿靓，每天早上蹭一对日本情侣的车，踏上一条寂静的乡间公路，驶向广袤的苹果森林。背上装苹果的袋鼠袋和爬树的梯子，在广阔的苹果海洋中渺小如蚁。她嗅着苹果的芬芳，饿了就坐在树下嚼自带的干粮或是从树上摘个果子脆生生地咬上一口。繁重的体力活与简单的饮食反而让阿靓感到踏实，她真正开始了背包客的生活，日后旅行的精打细算也是从此时开始的。

她向台湾的朋友学习如何用洋葱、胡萝卜、鸡肉甚至苹果等便宜新鲜的食材做饭，且最大限度地保留食物的原味；向温柔的日本朋友学习如何待人接物；跟糖果店优雅的格林太太寻找鸭嘴兽（她所在的小镇以鸭嘴兽闻名，但鸭嘴兽生性害羞，对声音极为敏感，平时并不容易看到）；小镇的人们，特别是女士，每次在她们面前讲故事或表达观点，她们都会轻轻吐出“yes”表示倾听，仿佛只是气息触碰嘴唇，轻盈优雅，语气在尾端稍稍上扬，饶有兴味又让叙述者感到一种被认真倾听的亲昵和尊重；果园叉车司机迈克带她去海边捡各种漂亮宝贝；二手店的老板特地跑过来告诉她店里有了她想要的二手车，还将泰国太太为他做的料理分给她吃……离开后，太阳的炙烤、工作的繁重、生活的拮据都随风而逝，只剩下这些细微温暖的回忆，渐渐地，她不在意走多少路，更关注周遭的风景，有所得足矣。

寒冬将至，靠天吃饭的农场工作并不稳定，不会开车对阿靓来说也是硬伤，去与留都充满了未知与不确定性。留下，能做的唯有祈求上天让苹果园快点开工，收成结束后仍是寒冷的冬天，需要继续找工作。然而亚洲人居多、并无多少英文沟通机会的农场工作，似乎与她设想的澳大利亚生活相差甚远。离开，去温暖的北方，一切还得从零开始……但最后她还是决定卖掉不需要的物品，背起行囊去了红土中心——爱丽斯泉——一个因旅游业而繁荣的沙漠小镇。这里是澳大利亚的大后方，曾放逐过许多逃犯、小偷，当地警察对犯罪的视若无睹是当地人公开的秘密。对阿靓而言，这反如绮丽的落日，为在这片土地上发生的故事增添了几分壮烈孤勇的色彩。

她在镇中心一家繁忙的理发店找了一份做助理的工作，还是在“打败”了一名法国女孩之后，为此她生出一种别样的自豪感。老板是个严苛的女强人，来自各国的同事夹杂着各式口音。她的工作繁杂忙碌——大大小小的清洁工作、招呼客人、洗头并给客人以舒适的头部按摩，这些都是她要应对的。有时还能遇到一些来自远方的客人，带给她一些远方的故事——带着袋鼠孤儿、服务于社区的老奶奶，驱车几小时、在遥远寂寞的社区工作却很开心的年轻女孩，打破偏见、教养良好的原住民等。

为了赚更多的钱让妈妈出一次国，她在专为退伍军人设立的俱乐部找到了一份吧台的晚班兼职。设立在澳新军团山山脚下的俱乐部，每晚6点有一个默哀仪式，以纪念第一次世界大战中澳新军团逝去的士兵。常客多年过半百，每天他们一杯接一杯喝着啤酒、看澳式足球、谈论过去的故事。客人们的澳式口音夹杂着俚语，时常令她茫然，好在能从热心的客人和经理那里习得不少。

为节省时间，阿靓常常一次做出好几天的食物，在两份工作的间隙狼吞虎咽地吃掉。然而，对于无缝衔接的工作以及有时并不友善的老板和同事，阿靓渐渐感到疲倦，眼看签证时间已过去大半，她扪心自问来这里的意义——又有跳出现有生活模式的冲动了。这次是她主动的，尽管家人对于她的频繁变动感到不满，希望她能找一份稳定的工作，留出几个星期旅行就可以了；她的台湾室友也这样想，认为没有一定的存款就往外走，简直是自断生路。

亚洲人勤勉温顺的性格深得老板的喜爱，但也常给人可乘之机。听了英国同事描绘的理发店老板对自己的用词，阿靓彻底被激怒了，她决定辞职。女强人老板的霸道在镇上是出了名的，阿靓踌躇了一上午不知如何开口，一颗心扑通扑通不安地跳着。眼看老板就要下班了，她鼓起勇气快速冲到老板面前跟她开了口，紧张得血液瞬间涌到了脖子以上，对她一连串的提问都予以否定，最后老板恼羞成怒："为什么不早点说？"阿靓这才意识到，原来老板已经把她本周应得的工资清点好交给财务了——她误打误撞地不需要再为自己争取权益。依然心跳得厉害，老板的态度让她感触很深，她时常为他人考虑而忽略自己的感受，压抑自己，害怕争吵和不成功的沟通，害怕触犯他人的利益而妥协、不敢争取，这次她终于可以长长地舒一口气了。

大半年的工作让阿靓存下了一笔钱，她决定去旅行。在西南部的山林里打工换宿、体验了澳大利亚家庭生活之后，准备前往另一处人迹罕至的山林禅修，她在那里认识了萨米亚。初次见面，一个高高瘦瘦的美丽身影，从一辆不起眼的面包车里走出来，小麦色皮肤与微卷的黑色长发充满活力。坐上车，更是惊异于眼前所见——车厢内后座被拆除，代之以一张简单舒适的床，车内用扎染的布料、经幢、鸟儿缤纷的羽毛以及主人充满美丽回忆和奇思妙想的小物件装饰着。这是萨米亚花了几个月打造的起居地，还是移动的。

阿靓看到后的第一反应是，如何获得生活所需的水、电、煤气。萨米亚说，在西澳，尤其在珀斯这样一座公共设施完备的城市，这是很容易实现的。水，公园和海滩上有很多免费淋浴点，不方便十之八九，但这反而给了她尝试新方法解决问题的机会；电，跟着太阳的节奏，就能获得充足的光照，再不济，一盏太阳能露营灯也能应急；煤气，背包客常用的便携式瓦斯炉，一个人用足够。

几个月前，萨米亚还和多数人一样，住公寓，持学生签证在澳大利亚读书、教授舞蹈课，还为不同家庭做清洁、照料宠物。工作的缘故，她常常往返于不同的雇主家之间，并不常住公寓。有一天她突发奇想，我为什么要住在公寓里呢？她开始做减法，卖掉了很多不需要的东西，只带上应季的日用品，其余的则用租来的一个小箱子储存，寄放在朋友家。

她买了一辆二手面包车，花了几个月来实现心中的构想。现在她不用付房租了，每天可以随心所欲地选择住处，一踩油门就到了。她描述某个清晨从海滩上醒来，聆听着海浪的律动，身为舞者的她惊异地发现，原来没有音乐也可以舞蹈，这样的生活赋予她更多灵感。她的眼眸明亮，笑容极富感染力。

阿靓好奇这样的想法源于怎样的生活背景。来自巴西的萨米亚从小就着迷于当地古老的舞蹈，和多数家庭不一样，家中的兄弟姐妹成年后父母就离开了他们，仿佛完成了一大使命。迫于各种压力，她结了婚，却发现对方不是对的人。“我尝试过了，”她喃喃地说，“又及时撤离了。”而立之年，她选择在这个遥远的国度独自生活，却过得无比充实。

禅修结束后，阿靓跟随另一群小伙伴去徒步，就再也没有见过萨米亚，但每每看到萨米亚留给她的一张小纸条——“快乐就是你所想、所说、所做的都是一致的”——就忍不住微笑。

阿靓摸索着，逐渐掌握了一些新玩法——公路旅行，这是在欧美年轻人中颇为流行的旅行方式：大家共同分享故事与旅程，按人头计算油费！她在澳大利亚人迹罕至的大后方一共进行了三段公路旅行，分别是和三个男生、一对法国情侣和一个有三辆车组成的小车队。食物在沿途村镇采购，用便携式瓦斯炉烧煮，如果碰上免费提供烧烤炉的公园，就可以省一点瓦斯。住宿用帐篷，但必须确保帐篷可以防雨。洗澡，那可真是随缘了，运气好的话，海边、溪边和湖边都可以一解疲乏，若再有点想象力而且不拘小节的话，公园里灌溉草木的水也未尝不可！

一路上，所到之处幅员辽阔，景观变化无穷。他们陶醉于美丽的海岸线和迷人的沙滩，亲近海豚、鸬鹚、鸸鹋、袋鼠等生活中不常见的动物；他们行走在古老的土地上，用脚步丈量大自然的杰作；他们枕着手臂躺在大地上，头上横亘着令人陶醉的璀璨银河，看流星瞬间划过。远离人烟，手机常常没有信号，却给人一种与世隔绝的宁静与安详。栖息在大自然的怀抱，每天被第一缕阳光和第一声鸟鸣唤醒，精力充沛，神清气爽。

快乐其实很简单。

真的需要一大笔钱才能去旅行吗？她边摇头边否定从前的想法。此时，她的行程已经过半，而她在爱丽丝泉的台湾室友还没有出发，任劳任怨地做着一份并不公平的工作。她的法国旅伴告诉她，他们在旅行中快弹尽粮绝时，曾在一家旅馆做保洁来换取住宿，也编织过美丽的手链售卖。一无所有时反而能激发出更大的创造力。

在旅行接近尾声、临近澳大利亚北部城市北领地的首府达尔文时，英国女孩艾利向阿靓提出两人平分一张音乐节门票的建议。

对于持续三天的音乐节，其实门票并不算贵。“你可以躲在床底下，下面一头是封住的，另一头塞几箱水和衣服挡住。”在经艾利改装过的油气混合老式面包车内，塞着一张大床，她狡黠地笑着说：“在欧洲的时候我经常和朋友们这么干！”阿靓觉得自己太乖、太小心翼翼，一直循规蹈矩，生活少了很多乐趣。尽管应付严肃魁梧的警察或安保不是她所擅长的，但对于这个提议她还是兴奋地答应了。

快到音乐节的场地时，阿靓钻到了床底下：背紧贴着铁制车厢的地板，面部离床铺仅有几厘米，她的背部在颠簸中能清晰地感知车子前进的方向和车外的温度，手脚就像被压在五指山下难以动弹，有限的空气穿过车子尾部装满饮料的箱子，徐徐进入她的鼻腔。这时候越急躁越难受，最好能保持气定神闲。一个转弯后，车子慢慢停下来，阿靓听到外面安保人员说话的声音，紧接着头上射来一束亮光，她调匀呼吸，不敢出声，心里狂跳不止，想着万一被揪出来，应该怎样应付。移动车门很快被关上了，车子继续行驶，虚惊一场！

不算大的场地中充斥着车辆、帐篷，空气里洋溢着音乐和人们的欢笑声。年轻的身体聚集在舞台中央，伴着音乐肆意舞蹈，他们才不在意舞姿是否优美，只是按照自己的节拍沉浸在各自的世界里。倏忽，大雨如注，一部分人很快离开了——去躲雨或去啜饮啤酒。还有一部分人继续在雨中跳着，阿靓也是这其中的一员。她喜欢舞蹈柔与刚的结合，一开始她有点放不开，羞于展示自己，但看到人们陶醉的神情，就慢慢放松了。大雨褪去了白昼的焦灼，在天空中织起一层细密的幕布，她赤着脚踩在泥土上纵情跳着，脚下不时溅起水花。雨水湿透了全身，音乐在人们的欢呼声中冲向高潮。此刻，仿佛全世界的欢乐都汇集于此。

她想起了小时候，骑车上学的路上，不得不披上厚重、闷热、散发着橡胶味的雨衣，有时为了感受一下雨的清凉，不得不脱下雨衣，赶在回家前再重新穿上，以防被骂。

此时此刻，她全然支配着身体，充满魔力般的，一股被久久封存的能量一下子释放出来，衣服被打湿，脚上沾满了泥巴，内心却无比轻盈！

“走吧，让运河把自己洗干净”

自力更生、自我教育的一整年，阿靓重回故土与校园。

舆论环境、传统观念和教育强加于她的条条框框逐渐解体，第一手的、重新审视过的并常更新迭代的观点正在形成，她好像第一次睁眼看世界。

重回课堂，在亲眼见证了书本知识的实际效用后，那些枯燥的、遥远的东西立刻变得鲜活起来。同时，她从教室里那些借刷手机打发时光的身影中，看到了从前的自己。为此她深深感到惋惜——在最宝贵、最应该充满活力成长的日子，囿于课堂和并不宽阔的圈子，尚不知有其他选择。

被催着填完“毕业去向”后，阿靓就要毕业了。

她面临着两个选择：一个是跳出专业对口的互联网创业公司的较为心仪的职位，挑战大，需要有强大的自我驱动力和自我管理能力，也意味着要在固定单位循规蹈矩地学习和生活，成长的实验由公司背书；另一个是接受中国间隔年公益基金的终审通知——受朝鲜士大夫崔溥《漂海录》的启发，阿靓也想沿着京杭大运河冒险一番，寻觅江湖故事。但相较于第一个选择，后者充满了更多的未知——相同时间成本下，能否收获等同于同龄人的社会地位的提升、财富的增长和人脉的积累呢？——阿靓在广州做分享时，曾被一个所处非名校，因此早早规划，实打实地打磨技能、积累资源的男生问到类似的问题，她这才后知后觉地感到已有方案的成长轨迹的存在，而其后更重要的是——我是谁？我想成为什么样的人？

多数人接到终审电话会很兴奋，阿靓却无比惶恐。她曾希望被动地做决定——“很遗憾，感谢您的参与……”但一切以及朋友们的鼓励让她感到了这个抉择的分量，那叫担当——有没有为自己的想法、承诺负责的实干精神和对现实的妥善考虑。

行走运河的计划执行前，她和伙伴将主题定为“运河沿岸传统技艺、生活方式变迁及生态保育”，却发现大而空，无法驾驭。花费心思搜索到的信息和新闻报道多是相似的口吻。她有些焦虑，各种声音主动或被动地袭来，她不禁犹疑了：“我在做什么啊？”因运河而结缘的纪录片主编说：“走吧，让运河把自己洗干净吧！”

从北到南，一路走来，饱经沧桑的运河，并没有因承载了太多过往而备受瞩目，甚至只是夸夸其谈者的谈资。它静静地穿过北京通州的运河森林公园，水面宽阔，风光旖旎，蜿蜒起伏地哺育着河北香河沿途的村庄，默默注视着G103国道的骑行者和沿岸的采沙船（北运河）。有时望着一旁被水草侵袭的永定河，身躯干枯、散发着臭气的它连一滴眼泪也流不出来。往事化作废墟沉淀在老一辈的记忆里，两岸的高楼雨后春笋般拔地而起。它在山东临清的老城区汩汩流淌，清真寺、教堂和庙宇和睦相处着，只是如今很难再有人登上鳌头矶，像当年的大学士李东阳那样感慨——“城中烟火千家集，江上帆樯万斛来”（南运河）。它承载着行船，在穿越济宁微山湖之际，为渔民漾起涟漪（鲁运河）。南来北往的货船穿过江河湖海，越过运河上的层层船闸，听过沿岸静谧村庄的柴门犬吠，见过繁华都市的熙熙攘攘（里运河和江南运河）……

由于黄河改道和上游水库拦蓄等原因，济宁以北的运河航段并不通航，加之文明千载、千里之遥的运河沿岸故事并不是短短几个月就能深入挖掘并内化的，而在各大城市蜻蜓点水般走马观花显然也不是阿靓她们想要的，最终她们选择了火车加公交的方式，往返于济宁以北的运河河段，并选择在有特殊感觉的村镇驻扎多日。

这些村镇和拥有庞大人口、千篇一律的城市迥然不同，沿线居民的生活步调和个性也不一样，却格外令人着迷。显然，初次见到来访者，他们会好奇地打听来意，惊异于相隔数千公里的异乡人，竟为了村里这再平常不过的河段辗转来到鲜有外人进入的村庄，他们甚至会用颇有年代感的词汇问："哪个单位介绍来的？"工作、对象问一圈，再与自家孩子比较，感叹一番。他们最初的神情与言语是防范性的，他们最常说的是"出门在外坏人多，要小心"，但一旦能悠闲地与你谈天说地，并邀请你到他们家之后，便展现出无微不至的关怀。尤其是阿靓她们这个年纪，可以是儿女，可以是孙辈，尽可以坦然地接受你融入他们的日常生活，凡事去搭把手，这种感觉好极了。当你拿出相机，他们也毫不矫情，大大方方，好奇地过来多问两句，并叮嘱你要拍得美美的。

一

运河之旅的第一天，阿靓和伙伴一路从皇城根坐车，辗转到了河北廊坊香河县的一个村子，县城有个“天下第一城”，是仿北京故城而建，恢宏冷清，需要门票的仿古建筑显然不在他们的走访清单上。

初到连百度地图都不好使的村子，最简单有效的方式是到村口的杂货店打探消息，那里是物资的集散地，也是消息的集散地，店里的阿姨建议她们去找村支书帮忙。

阿靓战战兢兢，思索着见到村支书后如何措辞，不料一帮北方汉子回应：“找我们大哥？他出门去办事了，你等等，我打个电话。”这一句“大哥”，打破了她们对于村支书的刻板印象——大腹便便的油腻大叔。大哥的出现更是让他们眼前一亮——器宇不凡、温和沉着。来自遥远的西南、负责看管马场和驯马的弟弟一说起大哥，都是他如何善待大家——小到买药，大到马场诸事以及他如何为人处世，言语间充满崇敬与仰慕，回答与举止也有着同龄人少有的老成持重。

村里最热闹的时候是傍晚七八点钟，夜幕降临，人们晚餐用毕，乡道旁的小广场被欢笑的人群点亮了。不输架势的大妈、年轻的媳妇、活泼的小学生，在一首首风格迥异的舞曲中变换着姿势，自信的舞步使她们发光；老大爷们三三两两坐在凉亭下，不刻意言语，偶尔会注视这两个外乡人；篮球场上，男孩子正大汗淋漓地打篮球，另外半场一位身手矫健的爷爷在练习投篮，命中率之高令人赞叹；广场中央，一对父女挥动着球拍打羽毛球，时不时有低年级的男孩挥舞着树杈追逐打闹，他们才不屑跳女孩子们的广场舞呢。

夜深了，人群散尽，村子里一片静谧。

大哥安排她们睡在值班室，很安全，并拿了干净的棉被给她们盖。笼子里还有两只凶猛的藏獒和一只温顺的杜宾陪伴左右，宁静的黑夜，她们睡得很沉很香，直到整个村子都苏醒了。

第二天她们跟着去割马草，驯马的弟弟得知她们即将离开，驾驶着农用三轮车大声对着阿靓说：“外面坏人多，要小心，尤其是女生，不要带现金，在这里有我们大哥罩着，离开这里你们就要靠自己了……”

几天后，她们到了天津，接到了大哥打来的电话，心里顿生温暖。

从一个村子离开，前往另一个，心情是复杂的。有时直到离开时才明白，来去匆匆，这地图上只标注村名的尘土飞扬的地方，变成了一个特殊的存在，好比蓦然走进野花盛开的山谷，当下的美难以复制，也难以言说。

每前往一个村子，若用自己舒适的标准去期待一切，那么饮食、住宿，特别是厕所，显然会让你失望，享受不到其中的乐趣。另外，行程不可太快，需要时常为住宿、交通以及同伴的身体条件考虑，也要舍得休息，经验都是一点点积累起来的。

二

来到北运河，进入天津市的第一个区——武清区的老米店村，她们搜集到一个让人忍不住扬起嘴角的故事。

她们在村中热闹的集市上偶遇一对夫妇，叔叔在工厂上班，阿姨则起早贪黑地赶集摆摊儿，阿姨眉语间透着南方人的秀气，叔叔也很帅，两个人脾气极好，岁月没有在他们脸上留下太多痕迹，很难相信他们已经是爷爷奶奶了。

虽身处北方，但他们家弥漫着一种南方家庭特有的气息，桌子上堆满了水果，厨房是阿姨的天地，望着她忙碌的身影，阿靓想起了妈妈。鱼、虾、螃蟹、黄鳝、螺蛳琳琅满目，南方人的胃终究要被南方菜肴治愈。阿姨说平时在集市上大家关系好，这些都是大家送的。

据说阿姨之前在南方老家的工厂上班，一年多前来到这里和叔叔一起生活，平时赶集摆摊儿，卖过很多东西，每天天不亮就出门，中午回来休息一会儿，再去赶下午的场。

“可以自己把握时间吗？”阿靓问。

“可以。”

“那阿姨多安排点时间休息。”

“不行，如果我哪天不去，客人就找不到我了。”

“没有开张的话怎么办？”

“你叔叔很幽默，性格好，经常安慰我，待会儿他回来我演示给你们看。”

说话间，叔叔回来了，阿姨笑着说：“今天又没挣到钱。”

“没关系，很正常。”有时，叔叔还会回答：“别人也没挣到啊，你就当过去跟朋友聊聊天。”

叔叔阿姨结婚二十九年，生活甜蜜温馨，虽是柔情似水的南方姑娘，面对爱情，阿姨却主动、果敢，她告诉犹疑不决的同行伙伴要勇敢，幸福需要自己去把握。

在这前后三十多年的磨合中，过往的困难随时光化作现如今叔叔宠溺的笑容和阿姨弯弯的眼角。阿靓想：未来的不确定性或可塑性都可能让我们撞得头破血流，多数长辈会用他们的经验指引我们走一条安全但可能不是自己想要的，或不那么有趣的路，但和爱情一样，那些看起来离经叛道、鲜有结果、伸手不敢触碰、有可能转瞬即逝的，对她反而更有吸引力，纵使前有万丈悬崖，她也会纵身一跃。

三

离开老米店村，她们骑共享单车一路南行，寻找下一个村子。向施工的叔叔伯伯询问路况、述说原委后，他们先是一阵惊叹，然后指着远处说，很多都已经拆迁了，武清区有烟火气息的村子不多了。天色渐晚，即使去待拆迁的村子，也不一定能找到住家，村里又没路灯，反而会麻烦，于是她们临时决定往北辰的方向骑行。

老米店村距离北辰区中心地带不过数十公里，迎面而来的气息迥然，村里人对城里生活大致有所了解，城里人对村里的生活可能无法想象。在村子里吃个玉米馍馍、喝杯酸奶已是莫大的享受。进入城区，巨幅的广告、川流不息的人与车、无数张陌生严肃的脸庞、拔地而起的高楼大厦，一时间让阿靓应接不暇，心中仿佛有什么东西鼓起来了，在村里待惯了，还是想回去……

北京通州的盐滩村是运河号子传人赵爷爷出生和成长的地方，村子早在七八年前就拆迁了，好在拆迁后邻居们大多还聚集在同一个小区。比起老院子老胡同，楼房宽敞明亮，不用上公众厕所，不用为洗澡发愁，更重要的是，亲朋好友还都在身边。

老米店村有着北方村庄特有的典型鱼骨状布局，从小在运河边玩耍的阿姨说："比起城里，当然是村子里更亲切，拆了老人们还是会想，但时间久了，实物都见不到了，找不到自己当年的家了，也就不太想了。"

聊城市阳谷县张秋镇每逢农历"一"和"六"的大集

上，充斥着各式的叫卖声、孩子的哭闹声、农用三轮车的鸣笛声和商场的音乐声，塞一个脑袋过去，多问几个问题，有时聊着聊着摊主会搬个板凳让你坐下。七十多岁的爷爷敲敲打打，又是补鞋子，又是修马扎，忙活一早上赚上十多块钱，但脸上始终挂着笑容，每天蹬着三轮车往返于周边的集市。另一位爷爷六十多岁了，连几十里路之外的水泊梁山都没去过，笑着对阿靓说有空也要去看看，趁现在身体好，还可以骑自行车。

山东济宁微山岛殷大哥家，冬日无事，晚饭前后串门的邻里亲朋陆续到了，第一句话都问“吃了没？”没吃的话，就“刷”地把碗筷递过去，孩子们来了，一筷子塞个炸丸子过去，微山岛上的新闻都是这时候听到的，白天在太阳底下补渔网，也有四邻陪聊。

许多人以为真正的生活是在大都市，认为我们出生成长的地方不过是穷乡僻壤，但反而是在城市间生活久了却迷失了，我们得到的越来越多，却感觉越来越贫瘠。

四

进入运河聊城段，因和同伴起了摩擦，同行难以为继。那些因害怕伤害对方而没有及时吐露的心声以及后来的一连串事件，让阿靓焦虑、痛苦。但也在好友的帮助下，她及时调整心态，开始重新审视人生。至此，行走运河，不再是任务，不是被期待的样子，而是不断成长的生命课题，从时间上来讲，它是延展的。

在寻找阳谷县迷魂阵村的途中，阿靓无意间路过一家书屋。书屋的主人是个姐姐，气质温婉，她们由书聊到迷魂阵村的典故，很快熟悉起来。谈话间得知姐姐是个幼教辅导老师，也是两个热爱阅读的孩子的妈妈。她创办书屋一方面是为了鼓励女儿多读书，同时也是为了给附近的孩子们营造一个良好的阅读环境。

谈到书屋实际经营层面的问题，姐姐说："基本可以收支平衡。我不需要名贵的衣服，华丽的车，简简单单就好，开书屋也是我喜欢做的事……"阿靓诉说了自己近来的困惑，她说："与其花心思口舌思索如何说服同伴，不如做些让步，给自己点挑战，把更多心思花到真正有价值的事情上。"临近吃饭，姐姐要去接爸爸，塞给阿靓一百块钱，说要感谢阿靓替她完成了暂时抽不出身去完成的梦想。在迷魂阵村，阿靓沉重的心情忽然变得轻盈起来。

我们有时为了达成某种期许，努力扮演侠肝义胆的朋友、呵护备至的恋人、孝顺长辈的儿孙，规规矩矩、小心翼翼地控制自己的情绪，生怕时机、措辞不当，不自觉地紧张、焦虑、自责，害怕可能的指责，哪怕是歪理，但我们自己去哪里了呢？为迁就他人而扼杀了自己的声音，还深深自责。诚然，我们需要沟通，坦诚相待，但也需要界限，明确的界限。

五

离开山东，终于快到南方了。坐在大巴里向外望去，和北方的一派灰蒙蒙不同，更为饱和的色彩将天地间的一切区分开——金灿灿的田地，光秃秃的白色树干，蓝色的天空，绿盈盈的池塘，空气中弥漫着水气，没错，这里就是南方！哪怕是冬天，也多了一份水灵。她多么渴望能抓住沿途这些容易被大巴、火车一笔带过的景致啊，不如骑自行车，她突然冒出这个想法。但选择什么车呢，越贵、越新越好吗？如何控制预算？当地骑行俱乐部的老板告诉她，骑行进藏的路上，自行车、手推车都有，骑长途不在于装备多贵，往前走就可以了。

离开城市平坦的柏油马路和精心修缮的“名邸”“华府”，阿靓踏着二手小宝驹，向运河沿线的村庄驶去。在凹凸不平正在修缮的或待修缮的路面上奋力前进，飞扬的尘土中工人在马路边繁重地劳动着。一进入洋河镇，扑面而来的酒香和镇上的现代化设施让她感到惊讶，完全和自己想象中的乡镇不一样。

阿靓记得在江苏北部的运河河段，会有一些供两岸村民日常活动的渡轮，她一边四处张望，一边推着车慢悠悠地走着，前边突然过来一个骑电动车的爷爷，见她这一身装备，就亲切地问：“是不是要过河？”对各种船都有好感、晕船也在所不惜的阿靓谢了大爷，兴奋地两步并作一步，推着自行车冲向了运河边，那边的渡工冲她大声喊道：“快来！”等她到了岸边才发现自己是唯一的乘客，早知道就不用火急火燎的了！

运河十分繁忙，但比起阿靓的家所在的江南河段，还是有足够的时间供渡工在徐徐前进的货船接近前巧妙地避开。船上的生活是什么样子？阿靓很好奇——犬吠，扑腾的鸡，缤纷的鲜花，还有穿珊瑚绒保暖家居服的船老大……转眼就到对岸了，渡工收了阿靓三块钱，系了舟，赶着正午回家吃饭。

阿靓肚子也饿了，可四下张望，空寂无人，村庄十分安静，此刻她要么找最近的村子绕过去填饱肚子，要么硬着头皮再骑几十公里。

她选择继续骑行。

顶着日头，缓缓走在运河边的石子路上，阿靓有些害怕。石子路不比水泥路，她担心一不留神来个人仰马翻，前一阵子她可是吃过结冰路面的亏的。可她也特别享受这份静谧，此刻这条小路完全属于她，四周只闻水声、风声、鸟鸣，偶尔飘过村庄传来的声音。苏北常见的意杨树高高耸立，光秃秃地点缀着冬日。

走了一段，阿靓忽然发现前面路边的草丛里坐着一位爷爷，周围是四散的羊群，原来是牧羊人啊！阿靓打听最近的镇子和吃饭的地方，爷爷说还有好几十里路呢！“跟我回家吃饭吧，我也要回去吃午饭了，我们家就在那边。”阿靓顺着爷爷手指的方向，看见下坡处有一排房子，房屋后面是羊圈。没有任何迟疑，阿靓兴奋地答应了，这是多么荣幸的一件事！

“你在那里等我，我先把羊赶回去。”阿靓穿过小小的池塘，柔软的土地上堆着渔网，绿油油的蔬菜整齐地码在屋前，一只小黄狗欢快地摇着尾巴。和爷爷一样，奶奶也满脸笑意，听爷爷说完是怎么把她“捡”回来的，奶奶便忙着去备饭。

这个村子叫三岔村，隶属于泗阳，处于淮安和泗阳的交界处，口味也介于北边的咸和南边的甜之间。桌子上放着花生、玉米混合面熬的粥，瓷实的饼子是阿靓不曾见过的吃食，但在冬日里，它们能恰到好处地暖胃，再配上炒白菜，阿靓可以吃很多。

儿孙们都有出息且孝顺，一提起他们，两位老人都赞不绝口。平日里奶奶在家干农活，爷爷每天去运河边放两次羊，周末孙子从学校回来家里就热闹了。一路骑行的阿靓疲惫不堪，就在爷爷奶奶家睡了个午觉，床上没有厚被子，倒是铺着几件衣服，阿靓很好奇，这么冷的冬夜，老人家是怎么过的。一觉醒来已近傍晚，爷爷奶奶说走夜路不安全，不赶路的话就留下来住一晚再走。

下午5点左右，太阳逐渐西沉，爷爷放羊回来了，河边伐木的人也都回家了。听说要把河边的杨树都砍掉，在附近建一个健身公园。

村庄愈发安静，高大的房屋被夕阳勾勒出俏丽的黑色剪影，远方是深蓝、鹅黄和橘色调出的冬景。一弯新月悬挂天边，像天空的耳坠。

晚上阿靓和奶奶一起睡，不算太厚的被子上压了好多件衣服，原来这是他们冬夜保暖的方式，被窝里很暖和，阿靓沉沉进入梦乡。

第二天阿靓记下爷爷奶奶家的位置，就告别了这个交通不便的村子，继续往南走。在洪泽湖高良涧，她充当了一群自嘲为“留守儿童”的孩子王，陪他们疯玩了几天。在前往高邮的路上，听骑自行车的伯伯说，他年轻时曾脚踩凤凰牌自行车，负重两百公斤，日行两百公里，阿靓想想自己不到二十公里的时速，默默为自己加油！

六

抵达扬州后，恰逢一场大雪。阿靓来到银装素裹的瘦西湖，这里的风就像久别重逢的老友，拂面而过时，亲切而舒服。渡过长江，她在镇江遇到一只仅有一只眼睛的前边境缉毒犬，主人骄傲地叙述着它的过往：“它不准我吸烟，因为它我们全队都不抽，老婆管不住的事儿让战友给管住了。它死咬住毒贩的手不放，对方一刀子插进它的眼睛，它还是咬得紧紧的……”

阿靓的朋友正在浙江湖州运河沿岸的荻港村拍摄一部关于传统村落的纪录片，她决定从苏州一口气骑过去，给他们一个惊喜。快到目的地时，清洁工阿姨挡住了去路，她正在用扫帚戳一条蜷作一团、毛发打结的狗——它像是受了伤，左前爪骨折，稍一动弹就疼得嗷嗷叫。阿姨只说“不中用了”。阿靓把车停在一边，蹲下来伸手慢慢凑近狗的鼻子，让它熟悉自己的气味，它很温顺，只是在阿靓试图翻动它查看伤势时，才尖叫了几声，让人不忍。周围的人提醒阿靓，当心别被它咬伤了。一个骑电动车的中年男人路过，像很多人一样问狗怎么了，他在狗狗周围打了几个转，用树枝戳了戳它——又是一声惨叫，它完全无法动弹。“你在这儿帮我看着，我叫人开车来把它拖走杀了吃好不好？”“不好，”阿靓低声说，“你可以养它啊！”她带着哭腔目送那个男人离去。

她打通了朋友的电话，等朋友的那十五分钟是阿靓此生最漫长的等待，她多害怕那个中年男子再出现。阿靓站在马路边，泪水一直在眼眶里打转，她多希望自己可以守护它。可是妈妈会让自己养吗？自己能对它负责吗？它真的会被吃掉吗？阿靓守在它身边，替它捋毛，它的眼睛看上去水汪汪的，充满了痛苦，阿靓走到哪儿它的目光就移到哪儿，她有些不敢看它的眼睛。她开始责备自己，难道它仅存的这线生机也要被自己毁了吗？对不起，对不起，对不起……她喃喃自语。终于，救援到了，他们火速把它送往宠物医院，她从未痛苦得如此撕心裂肺，那一刻，阿靓悬着的心终于放下了……

行走运河，有一点寻觅江湖故事的冒险色彩，不知不觉中，阿靓发现自己已置身江湖，书写起新故事。她所看到的生老病死、婚丧嫁娶、恩怨情仇都真实地扑面而来，又逐渐淡去，而一番番地冲刷下，她的内心慢慢丰盈起来，充满了力量……

李家伟：从魔幻世界走来的人

拿到街头表演证后，李家伟第一次在街头表演，心情紧张又忐忑

一边感叹生活的不易，一边毫无节制地消耗自己的生命和时间，这都是在犯罪。

谁说你没有选择生活的权利？谁说你不可以做到这些？

整日被琐碎的工作围绕或在三点一线的校园转悠，枯燥无味，感觉就像一口气跑完马拉松后空留下的口干舌燥。

生活无非就是彩色和纯色，什么梦想、诗与远方都是扯淡，敢不敢拿出实际行动，理智地为自己活一次？

二十岁之前，选择父母安排好的生活方式，在这个复杂的社会活下来。

二十岁之后，请选择按照自己热爱的方式，去探索这个充满未知的世界。

“魔术师是不会告诉你魔术的秘密的”

下午2点多，他添加了我的微信。10点半，我回复了他，简单做了自我介绍，他就石沉大海，再也不发声了。

是我的名字太难听，还是措辞有问题，想了半天也没搞明白，心想：这小哥有个性。

结果一大早他发来信息，说昨晚睡着了，居然还打错字，此刻特别想暴打一顿这个少年。他说后天回国，要失联十多个小时，然后甩给我一篇文章，又消失得无影无踪。

我顺藤摸瓜找到他的微博，看到置顶的是《超凡魔术师》节目，我把那个五分钟长的视频看了好几遍，激动得浑身起鸡皮疙瘩，暗自赞叹，实在太厉害了。

他是那种很厉害的角色，完全跟着感觉走。节目是现场直播，他居然在表演前的一刻，把安全衣的扣子解掉了……

他对节目组的人说:“我会保证自己的安全，让我试一次吧。这样的舞台对我来说可能是人生的第一次，我不想浪费这个机会，我想挑战一下。我觉得魔术在我心中高于一切，我想把它演好。”

在六米的高台上放弃安全设施，在没有任何保护的情况下，顺着墙壁垂直走下来。看视频我都觉得紧张，不知当时他的感受。

“这小子有两把刷子，”我心想，“为了追求自己想要的效果，居然连命都不要了。”

后来我悄悄问他:“你是怎么做到的？这么厉害，完全跟特效一样。”

“魔术师是不会告诉你魔术的秘密的。”当时我特别想揍他。

“哼，我自己研究。”后来我钻研了很久也没搞清楚其中端倪，默默对他心生敬畏。

他在消失了三天后的一个下午，突然打电话过来。

刚开始气氛有点凝重，他按照提纲在认真做自我介绍，正当我想哈哈大笑缓解气氛的时候，“啪——”那边电话断了。我心想:魔术师的排场这么大？可以随意挂别人电话？

随后他又打过来，故事终于开始了。

干，就对了

你敢不敢吞针？

你敢不敢在鼻孔里扎钉子？

你见过哥特风的魔术师吗？

反正我不敢，我也没见过，但我遇到一个人，以上这些他都敢，甚至比这更疯狂。

李家伟是土生土长的河北人，小时候是个内向的孩子，长大后却叛逆起来，玩起了魔术，还上了电视，后来带着魔术去澳大利亚完成了自己的间隔年。

2008 年，家伟还是一个读初二的小男孩，一次偶然的机会，在电视上看到一档魔术节目，魔术师的表演让他倍感震撼，没想到世界上还有这样神奇的事。于是他抱着极大的热情，试图去破解魔术，自己在家反复练习。

班里有课前展示，别的同学或读课文，或唱歌，家伟上来就表演魔术，全班同学都激动地站起来。一时他在班里火了，谁见了都叫他魔术师，他特别享受这个头衔。

后来他顺理成章上了大学，临近毕业时，他为自己策划了一场毕业旅行，目的地是澳大利亚。后来在无意间了解到“Working Holiday”项目，便立刻动手抢到了名额。一切准备就绪后，他又被朋友推荐到了中国间隔年计划，去北京见到了作为评委的大冰。

大冰说：“我有一位流浪歌手朋友，在新西兰做了一年的街头艺人，在那边人们很尊重表演者。在他唱了一年后再回来表演时，身上所散发出的那种表演者的尊严、那份温饱和体面、那种由内而外的状态，也许是在国内演一辈子也不会拥有的。”

家伟听完后心跳加速，他说自己不会一年只做一件事，但为什么别人能做的事他不可以做，干，就对了。

他的父母一直以来都很尊重他的想法，当他告诉他们想去国外尝试一种新生活、去看看外面的魔术时，父母并没有反对。

他说，我们大部分时间处在相对熟悉的环境，身边围着熟悉的人，手里做着熟悉的事，思维有很大的局限性，突破的时刻可遇不可求。那么，想去干什么就要立刻去做，让不同纬度的人打破我们的固有思维，从全新视角来重新审视自己，发现更大的能量。

事后想起来，虽然他的决定很唐突，事实证明也确实如此，但这个果断选择，让他有了前所未有的收获。

唯一的华人魔术师

到了墨尔本，他先去了同学的住处借宿。在此之前，他对墨尔本的认识，也仅限于“全球最宜居的城市”“街头艺术之都”这样的空泛名头，其余一无所知。

我在想，这个小子就这么不声不响去了一个陌生的地方，还在那儿生活了大半年，简直是跟自己开玩笑。没想到他在那里活得还不错，至少没吃什么苦，还赚到了钱。

刚去的时候，他每天在街上溜达，却看不到街头表演艺人。他去微信群里询问，有个姑娘回复了他，并互相加了好友，还被姑娘拉着去参加了隆重的赛马节。

听说家伟在找房子，她果断推荐他去分租自己住的公寓。家伟二话没说，节日回来后，就从同学那里提着行李跟着姑娘去了。

要入住的地方，房东是台湾人，他把整套房子租给了来自世界各地的背包客。

就这样，家伟的墨尔本生活从这里正式开始了。

同住的有一位大哥，平时不爱说话，对家伟却格外照顾。每次回家，都会问他吃了没有，然后一声不吭进去，过一会儿就喊他过去吃饭。大哥也是中国台湾人，因当地经济不景气，买了个学生签证来这边挣钱，为人真诚，一说话就语惊四座，很有分量。

咖啡师是个有故事的女孩，和她在一起从不缺少生活乐趣。女孩本科毕业，准备去欧洲读研，中间空了一年，就出来参加间隔年。她开心的时候会特别开心，悲伤的时候也不会持续太久，天生热爱生活，是个特别懂生活的女生。

家伟觉得诗和远方之所以美好，是因为走在路上会遇到各种各样的人，这会带给他不一样的生活体验。选择去追求自己的梦想是件开心的事，而现在，他就走在这条路上。

他可是闲不住。

偶尔，他也会跑出去，在街头待着。会遇到形形色色的街头艺人，喜欢的就坐下来看上半天，消磨时间，也陶冶情操。

极少有魔术表演的澳大利亚，竟让他遇到了，这才有了与国际大师一线牵的情缘，简直把他乐坏了。

表演结束后，他主动凑上去和对方交流，很快就熟了，彼此交换了联系方式，回家后他找到这个魔术师的脸书，仔细研究了一番。

原来这就是他仰慕已久的魔术师蒂姆·埃利斯，也住在墨尔本，他简直太激动了，立刻去网上查了他近期的表演，当即买了票。这可是与自己喜欢的人亲密接触的机会，他当然要把握好。

没想到这位国际魔术大师一点架子也没有，表演结束后，他找大师聊了自己的想法并表演魔术给他看，得到了大师的赏识。

几次接触之后，魔术师邀请他去家里做客。魔术师的家很不一样，小剧场设在一个很不起眼的小木门里，要穿过“棺材”才能进入，他提着胆子进去了。

魔术师在小剧场表演了魔术，是他之前看了上百遍的魔术的现场版，他笑着说：“生活有时候就跟魔术一样神奇。”

幸运的是，这次相遇也给了他另一个很好的机会。原来这位魔术大师是澳大利亚魔术协会的主席，特别邀请他加入魔术协会。这让他有机会在剧院跟其他魔术师交流，分享各自的灵感和想法。

就这样，他让专业的外国魔术大师看到了中国的魔术表演。后来，他经常去这个剧场表演，成了这里唯一的华人魔术师。

街头表演，一张桌子足矣

家伟的第一次表演，是在墨尔本的州立图书馆门口。

当时那儿只摆了一张从阳台搬来的桌子。

来墨尔本半个月后，他就拿到了街头表演证。

由于在这之前完全没有过这样的尝试，当时的他焦虑重重，既担心自己的口语无法与人正常沟通，又担心表演效果不好，因为既没有道具，也没来得及准备，总之一脑子担心不完的事，所以迟迟没有上街。

“要上街吗？”他的一个画画的朋友问。

"去就去。"家伟鼓起勇气，说走就走。

他看到阳台上有一张铁桌子，二话没说，扛在肩上就上了电车，车上的人用异样的目光看着他，觉得既好笑又好玩。

秋日的墨尔本洋溢着浓郁的艺术气息，这里有各种各样的街头表演艺人，行人走走停停，阳光慷慨地洒满大街小巷，悠闲而惬意。

考虑到别人可能不知道自己在做什么，他就找画画的朋友借来一张纸贴在桌子前，上面写着：Magic step into wonderland。

看着人来人往，大家并没有要停下来的意思。家伟想，怎样才能让人知道他要表演魔术呢？是不是该喊两声招揽客人？他从没尝试过，也不知道该怎么做。

突然一个小女孩停下来，家伟向她招手，冷不丁冒出一句："你会讲中文吗？"小姑娘听不懂，只是睁大眼睛看着他，露出无比疑惑的神情，然后摇摇头。

家伟的第一表演就这样开始了。

对于第一次他没抱任何期待，预期中也并非如此，但生活给了他很大的惊喜——

他又遇到一个会一点魔术的俄罗斯人。这个人在北京生活过几年，现在在澳大利亚读书，是个魔术初学者，只会一点点。两人相互留了联系方式。这个俄罗斯人爱喝酒，也会调酒，后来常请家伟去他家喝酒。

还遇到一个刚下班的厨师，他看了家伟的表演后主动要做饭给他吃，盛情难却，家伟只好收了摊儿带着这个莫名其妙的厨师回家了。

厨师从袋子里拿出自带的刀具和散装的蔬菜，告诉家伟："一个好厨子，必须有属于自己的刀。"

这一天从毫无准备的紧张到充满惊喜的相遇，让他感到愉悦，他开始从心底里喜欢"街头艺人"这个自由职业了。

街头是充满魔幻的地方

后来，他遇到了间隔年期间的搭档——科尔比。

科尔比是来自中国香港的魔术师，曾在澳大利亚留学，自诩是墨尔本魔术师中街头互动最好的一个，号称"街头之王"。

家伟很不服气，自认为技术比他好得多。切磋了几个回合之后，发现对方的确略胜一筹，但彼此又优势互补，默契值也非常高。

他们慢慢成了好朋友、默契的搭档，几乎每周末的晚上都会形影不离地在街头表演。科尔比负责开场，家伟负责收尾，各自扬长避短，围观的人有时会堵了人行道。

谈到魔术表演的环境，国内外差异的确很大。家伟说他喜欢站在国外的街头，享受观众的表情与反应——一次次击掌或拥抱，一句句由衷的惊叹，每一种反应，都能给他珍贵的启发。

一次，他在路边站着，一位女士看到他，激动地尖叫起来："魔术，哦，魔术，我喜欢魔术……"边叫边跑过来看他表演。

"我喜欢魔术，从小就喜欢，只是没有机会专门去学。"她对家伟说。为了回报她的这份挚爱，家伟又表演了一些别的，还把道具送给了她。"你回去可以自己研究，看看能不能变出来。"

没想到这位女士居然冲上来吻了他。

面对国外观众的热情，他认真地说："任何一种艺术形式，表演者都希望得到观众的反馈，而街头表演可以面对面接受观众的反馈（情绪、肢体等），正如一些演员，他们可能更喜欢表演话剧，因为更有现场感，可以实时接收观众的反馈，魔术表演也是如此。”

家伟的粉丝没有年龄限制，好像各个年龄层都有喜欢他的人。

当街头艺人的另一个好处是能时常遇到各种趣事。

一位头发花白、一口标准英国腔的老先生，看完家伟的表演后，居然主动过来对过往的行人吆喝，帮忙拉客；每周定期来一次、只看同一个魔术、看不到就不走的留学生，家伟实在拿他没办法；浑身文身的三十多岁的壮汉，张口闭口不离自己的爸爸，热情地讲小时候的趣事给他们听；还有突然掏出一个芒果递给他吃的游客……

钱盒子里有来自世界各地的钱：人民币、美元、英镑、法郎、新元、印尼币……在这里表演几年，恐怕世界各国的钱币他都能珍藏一张了。

墨尔本真是个有趣的城市，周末的不夜城随处可见的酒吧里，活跃着各种肤色的年轻人，为确保城市治安，每周末这里都有警察巡逻。

一个开着巡逻车在街头四处转悠的警察，看到家伟的表演就停了下来，看了一个多小时。他叫雷蒙德，是个印度人，三十多年前到了这里，也是个魔术爱好者。接下来，他每周巡逻时都会过来。

家伟时常跟朋友打趣说，雷蒙德是我们的私人保安，以后的安全有保障了。

就这样，当突然把你放到一个完全自由、可以任意选择自己的生活的环境，你一定会选择那些最热爱、最擅长的事情去做。因此，在间隔年期间，他所经历的大多与魔术有关，或是因魔术而来。

只表演给有缘人看

大概是澳大利亚聚集了大量来自世界各地的人，在墨尔本街头可以看到更多不同地域、不同族群、不同文化背景下的不同生活方式。

表演了一段时间后，家伟总结了一些有趣的现象：比如，同看一场魔术表演，日本女生的反应最大，表情超级夸张；中东和印度人则偏严肃，时常皱着眉头追根究底地问为什么；年轻的黑人则肢体动作比较大，激动起来常常几个人抱在一起跳起来，或躺在地上大喊大叫，有时甚至会绕场跑几圈。

街头艺人不分高低贵贱，在墨尔本人们尊重每一位街头艺术家。

同任何其他行业一样，街头艺人也有各种各样的状态，有的人把它当工作，为了谋生；有的人把它当成热爱和追求，这些都能从他们的眼神中看出来。有的人在取悦观众，有的人在取悦自己。

追求艺术的人也必须解决温饱问题，从事街头艺人这个职业是一举两得的事，可以同时做到鱼与熊掌兼得。

作为街头艺人，家伟经常得到别人的付费支持，这也使他养成了为其他好的表演付费的习惯。

在即将离开墨尔本时，他在远处隐约听到一首中文歌，简直唱到了他的心里。循着声音走去，发现一个男人斜靠在路边的灯杆上，正闭着眼睛弹着吉他轻轻摇摆，状态非常放松，完全沉浸在自己的世界里。家伟被他的这种自我陶醉打动了。

他站在一旁打量着这个人，感受到了表演者的激情和追求，他全然活在自己的世界里，全然不理外界的反应。一时之间，他被这种超然物外、由心发声的状态吸引了。二话没说走上前轻轻把钱放进了琴盒里。

家伟说，为好的表演付费是值得的，我享受了就应该支持。

家伟在这里也结识了很多不同领域的街头艺人，他们毫不吝啬地分享自己的故事，告诉家伟怎么去招揽客人，怎样让别人付钱，讲了很多小技巧。

家伟不喜欢这种方式，他认为，叫来的人和主动走过来的人在看表演时的心态是不一样的，他更想表演给真正喜欢的人看。

把魔术带进墨尔本新年

墨尔本的新年，对华人来说有着特殊的含义，他们会一起聚餐，一般都是三世同堂。这一天，唐人街挤满了华人，鞭炮齐鸣，舞狮队、舞龙队在街上跳着，敲打着。

家伟和搭档在热闹的街上表演，这几晚人都特别多。

他们还被很多商铺请过去表演，看着许多人围坐在一起吃饭，家伟有种说不出的感受，之前完全没经历过。

“以前在家看春晚，听到主持人说祝全球华人新年快乐时，并不能体会那种感情。当真正置身国外时，鞭炮声和各种年味穿插在一起，才会觉得这个时刻特别神圣。”

这是他第一次在国外过年，年的味道也许太浓厚了，他无法快速融入其中。当眼前的一切变得清晰，他一个人走在大街上，看着人来人往，看着路上同行的那些“一家人”，看着其乐融融的万家灯火，他有点想家了。

墨尔本与中国（北京时间）有两到三个小时的时差，现在远方的父母在干吗呢？家伟有些恍惚。

他突然想到，地球是圆的，渺小的我站在这个点上，家人站在那个点上，国内还没跨年，我已经到了跨年的时刻。

家伟想一个人待着。在回家的路上回望市区的夜空，一簇簇烟火噼里啪啦地绽放，异常美丽，他用手机拍了一张照片，留作纪念。

回到住处，同住的朋友建议一起去拍照。他们几个人拿着买回来的仙女棒，在街头挥舞，与从市区狂欢归来的路人互相道着“新年快乐”。

起码，这个新年，还有人陪伴，虽然只有燃烧一根仙女棒的时间，他觉得足够了。

“新年这么快就过去了。”

被明目张胆地抢劫了

澳大利亚法律对未成年人的保护极为健全，熊孩子成了这里典型的“四海之首”，警察也常常拿他们没有办法。

有天晚上，家伟和搭档一起表演，搭档临时有事提前走了，剩下家伟一个人。他本来也准备收摊儿回家，这时来了一群孩子要看魔术。表演结束之后，他发现盒子里的钱少了很多，立刻就明白了。原来他们每个人都有分工，特别专业，有人专门负责偷钱，有人专门负责转移注意力。

家伟知道钱被偷了，心情十分沮丧，打电话跟朋友唠叨，发现这群孩子就在不远处。

他很生气地走过去叫住那群青年：“把钱还给我！”

“我们没拿你的钱！”说这话的时候，其中一个小孩手里正拿着一些钱。家伟看到他手里的钱，顺势做了一个打电话报警的姿势，拿钱的小孩见状，突然急躁起来，把家伟的手机抢过去砸在地上，还想对家伟动手，被其他孩子拦住拉着跑了。

家伟报了警，对警察说明了情况，结果就不了了之了。

此刻，他的心情非常低落。

“在国内不好吗？我为什么要来这里？如果发生什么事故，远方的家人也一无所知。”

我问家伟那时有没有生气，他告诉我并没有，更多是一种难过。

他觉得魔术是个礼物，能带给人快乐。就在刚刚为他们表演时，他们看得也很开心，可转身却做出这样的事情。

想到这里，一种孤独和无助的感觉涌上心头。

“荒岛求生”

在国内，一部分人为了赚钱没日没夜地工作，一部分人则过度吹捧旅行，说可以拯救生活、净化心灵。当时的他没太多体会，出国之后他才发现，这种生活理念太过极端了。

在澳大利亚的最后一个月，他的状态特别差，墨尔本也开始进入冬季，已经不适合街头演出了。他申请了换宿，去了一个人烟稀少的小岛。

傍晚抵达后，他在岛上四处闲逛，发现这里的房子大都是空的，还发现一个很大的院子，里面有花园，有玩具，有蹦蹦床，还有骑自行车的孩子在嬉戏打闹，他对这个院子印象特别深刻。

逛了一圈回到家里，邻居邀请房东去吃饭，他也跟着一起去了。原来这个邻居就是他逛的那个院子的主人。这天是邻居父亲的生日，他已经去世十年了，但家人坚持每年给他过生日。凳子上放了一张老人的照片，还有花和蜡烛，家伟被邀请和其他人一起，以照片为中心围成一个圆圈，这是一种特殊的仪式，昏暗的灯光中，显得新奇而诡异。

第二天，邻居带着孩子去找他，说孩子们想看魔术表演。聊天中得知，原来对方是个装饰艺术家。邻居提出，可以帮他联系一个场地，做一个小型的魔术工作坊，吸引岛上的游客观看。

家伟有点受宠若惊。

可仔细想了想，道具没带够，演是没问题，只是……他又转念一想，自己是来岛上放松的，就婉拒了邻居的好意。

度假回来，他和朋友一起开车离开了墨尔本，沿着东海岸一路向北，朝着温暖的地方开去。

旅费是这几个月当街头艺人赚的，虽然不多，但花自己赚来的钱心安理得。

一路上他们基本是露营，偶尔也住一夜民宿。

家伟说，刚开始的十多天，他每天都会遇到让他思考的人和事，每天都会有新的感受。

生活方式原本多种多样，不走出去，就见不到大千世界中形形色色的人；如果不为自己努力一次，就不会了解自己的极限。

一路上他听到各种各样的故事：有三十多岁开始准备读大学的年轻人；有工作九年多后辞职环游世界的中年人；还有七十多岁开着房车开启环澳之旅的老夫妻……

每个人都有选择生活方式的自由，没有统一的标准。为什么非要找一份体面的工作努力去争取晋升空间？这些是要有，但并不是唯一，工作之外的生活也很重要，不能把工作当成生活。

有一天，他在悉尼的海边散步，发现这里的人很悠闲，下班后还能陪家人，这才是理想的生活状态，他想。

他说外国人把工作和生活分得很开，每天下班后散步、遛狗，生活很简单。

这也是他努力想要的生活。

他开始慢慢感受到，间隔年的经历正潜移默化地改变着他，单纯的诗与远方并不是自己的追求，如何平衡自己的一切才是他现在需要思考的问题。

“诗与远方”和生活，我都要

半年后，他从澳大利亚回来，还带回一部碎屏的手机。

家伟说，间隔年中很重要的一部分，是可以跳出相对规律的日常，在短时间内接受大量信息，拥有更加独立的思考能力、价值判断能力，不迎合他人。

“以前可能更想独善其身，现在则倾向于发出自己的声音，立刻行动，做出一些改变。”

此刻，他正在忙着准备几门课的考试以及毕业。间隔年后，他开始思考所谓的“诗与远方”“说走就走”，觉得一味追求某个东西是一种失衡，是不管不顾、自我放任，他觉得那时的自己很幼稚。这一圈间隔下来，他目睹了很多种生活，更明白什么是自己想要的以及如何平衡生活、工作和学习。他制定了未来几年的计划和目标。

家伟是我见过的最励志的魔术师，他的故事应该讲给更多的人听。

我也热衷于旅行，走过一些地方，但旅行对我来说更多是一种消遣。工作、学习和生活原本是紧密相连的，无论走多远、做什么，总是要回到现实，平衡好一切，才是应该达到的状态。

后来家伟跟我说，间隔年的发起人乔帮主（乔新宇），是给他启发最大的人。他一边做“中国间隔年计划”，一边旅行、爬山，并没有一味去追求“诗与远方”。在工作和生活之间，达到了很好的平衡。

“原来‘诗与远方’和普通的生活并不冲突。”家伟想。

我想，人总是面临选择，何不选择一条自己当下最喜欢的路去走，哪怕前方充满未知的困难，可谁不是在荆棘中摸爬滚打成长的，没有坎坷的经历，哪来耀眼的人生？

生活有千万种，为什么要束缚于单一的生活模式，自己的权利都不去主张，谁会帮你主张？

人生是多元的，每个人要有自己的事业、自己热爱的东西。看大千世界，时刻保持好奇心和求知的热情，让自己处于不断更新的状态，先体验人生，再选择生活。

毫无节制地消耗，没日没夜地抱怨，只会让自己在错误的路上越走越远。

如果提前知道自己的人生，你还会有勇气走下去吗？

如果知道青春所剩无几，你会选择另一种生活吗？

在生活中生存，在生存中生活。生活无非就是这样，解决物质问题固然重要，但一切还是为了满足精神的缺失，为什么不平衡生活的琐碎、合理安排两者的关系呢？

如果你认为自己过得很好，那此刻你为何会迷茫？如果你觉得家伟的故事不过如此，那你有什么资格说出这样的话？当你在嫌弃或抱怨世界的不公时，有没有思考过为什么别人比你过得好？为什么他有这样的经历而你没有？

因为他总是在思考生活和工作的平衡关系。勇于挑战自己的人，总是能看到更多的风景。

你这么年轻，如果总是“不可能”“做不到”，那人生还有什么期待？

听说家伟最近准备在国内开个小剧场，为观众提供一个可随时观看魔术表演的小型互动场所。当然，这只是小小的开始，我相信他的人生，不止如此。